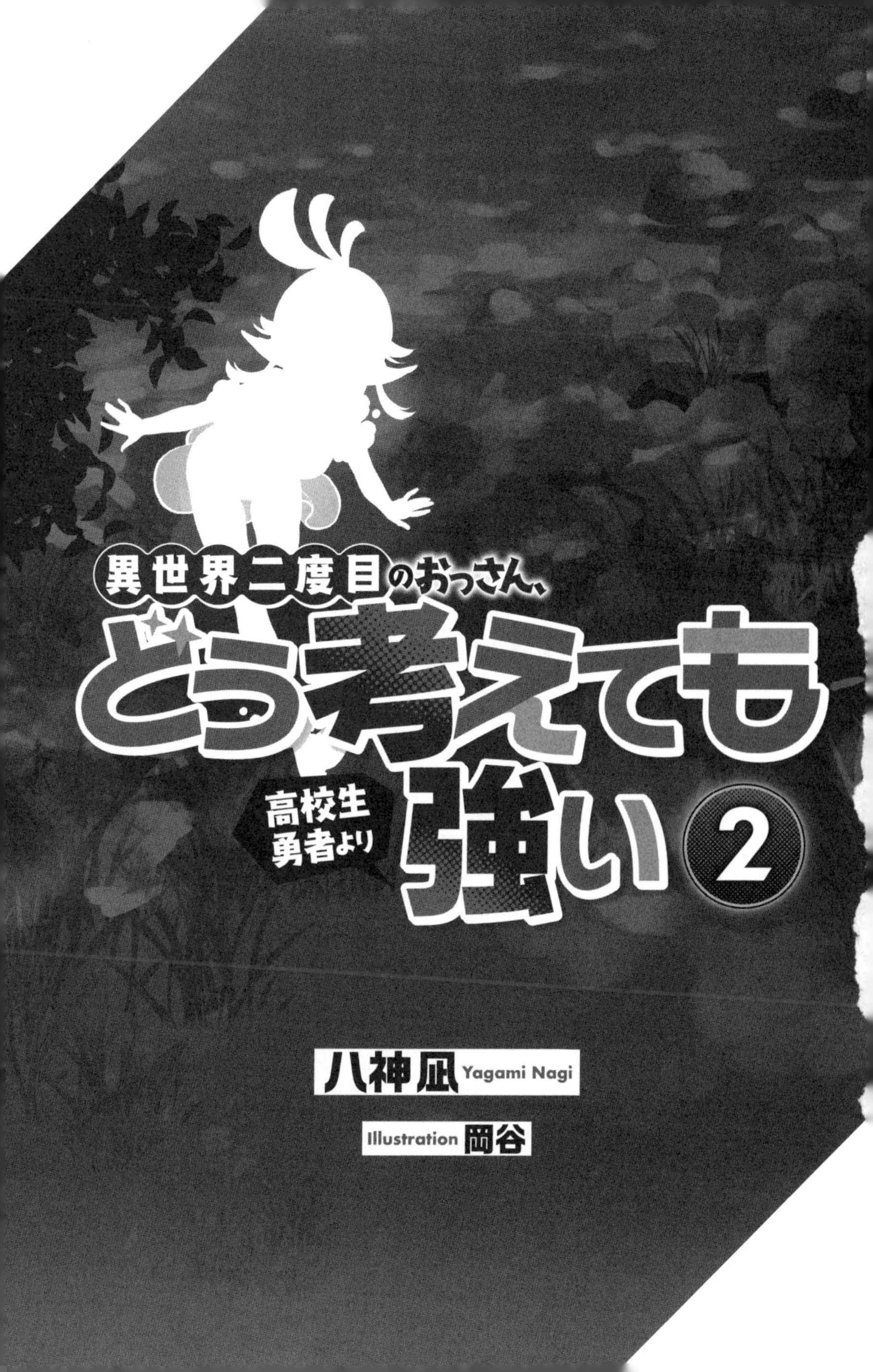

異世界二度目のおっさん、どう考えても高校生勇者より強い 2

八神凪 Yagami Nagi

Illustration 岡谷

リク
本作の主人公。かつて勇者として魔王を倒した32歳。その力は今も健在で、頼りない高校生勇者をサポートすることに。
フウタ
勇者として異世界に召喚された高校生その1。弱気になりがちだが、芯のある気質。
ミズキ
勇者召喚に巻き込まれたフウタ、カナの幼馴染。落ち着いた性格のインドア派。
主な登場人物
Main Characters

リーチェ
リクによって創られた人工精霊。リクの相棒とも言える存在。
カナ
勇者として異世界に召喚された高校生その2。気の強いギャル。
レムニティ
『高位種《ハイレート》』と呼ばれる強力な魔族。風魔法を得意としている。
ドーナガリィ
旅の途中で遭遇した魔族。炎魔法の使い手。

第一章　旅立ちの前に

俺の名前は高柳陸《たかやなぎりく》。リクと呼んでくれ。しがないサラリーマンだったが、実はかつて異世界に勇者として召喚《しょうかん》され、活躍したという過去がある。

ある日の仕事帰り、前を歩いていた高校生が勇者として召喚されるのに巻き込まれ、俺は再び異世界に降り立つこととなった。その異世界はかつて俺が居た異世界とは違う世界だったが、俺達を喚《よ》び出したロカリス国のエピカリス姫から、お約束のごとく魔王による侵略から助けてほしいと頼まれた。

それはさておき、幸いにもかつて覚えていた魔法は一部を除いて使えたので、高校生達——勇者として召喚された風太《ふうた》、夏那《かな》、それに巻き込まれて召喚された水樹《みずき》ちゃん——のスマホを魔法で改造して異世界でも使えるようにしたり、かつての相棒である人工精霊のリーチェを生み出したりした。前の世界での記憶が残っていたリーチェのおかげで、高校生達に、元勇者としての実力を信用させることができた。

他にも魔法の使い方を身につけさせたり、戦闘の訓練をしたりすることで、俺は彼らに、異世界で生きる術《すべ》を教えていった。

で、話は戻ってエピカリス姫からの頼みだが、彼女の言動がどうにも怪しかったため、俺は隣国のエラトリア王国へ旅立ち、情報を集めることにした。

そして判明したのは、アキラスという女魔族が、エピカリス姫に憑依《ひょうい》することで、ロカリス国を操っていたということだ。勇者召喚も、勇者を洗脳して魔王の配下として戦力にするのが狙いだったらしい。

そのことを暴露《ばくろ》してやると、アキラスは正体を現して襲《おそ》いかかってきた。

アキラスの力で、人間が魔物に変えられて攻撃してくるというなんとも悲惨《ひさん》な状況の中、俺はなんとか奴を打倒し、事態はひとまずの解決を見たのだった――

◆◇◆

「お連れしました」

「ありがとうございます、プラヴァス」

謁見《えっけん》の間で待っていたエピカリスが、両手を合わせて優しそうな笑顔をこちらに向けてくる。アキラスが憑《つ》いていた頃とはガラリと変わって、彼女の周囲には花が咲いたような空間が出来上がっていた。

――ロカリス国を支配していた魔族アキラス。

隣にあるエラトリア王国をも支配していたあいつを倒すことにより、ロカリス国は本来あるべき姿へ戻っていた。

魔族に変えられてしまった人間は元に戻ることができないなど、取り返しのつかないこともあったが、一応の平和が訪れたと言っていいだろう。

エピカリスは事件の後、一週間ほど安静にしていたが、最近ようやく政務に復帰した。それで彼女は俺達と話がしたいということで、謁見の間に俺達四人を集めたというわけである。

俺の隣には夏那、水樹ちゃん、風太の順で並び、向いの玉座にはエピカリスが座っている。

この部屋まで俺達を案内してきた騎士団長のプラヴァスがエピカリスの隣へ移動し、いつもの定位置についたのを確認すると、エピカリスが口を開く。

「まずはリク様、今回の件、本当にありがとうございます。おかげで魔族に利用されていたこの国は救われました」

「気にすんな。こっちも高校生《こいつら》を助ける必要があったし、あんたも被害者だ。そこはおあいこということうぜ」

俺がそう言うと、夏那が大声で割り込んでくる。

「ちょっと、お姫様にそんな口の利き方ってあるの!?」

「いいのですカナ様。リク様はこの国の英雄といっても過言ではありません、言葉遣いなど大した問題にはなりませんよ」

エピカリスが柔和《にゅうわ》な笑顔でそう言うと、夏那が恐縮しながら納得する。

さて、礼の言い合いをしていても仕方がない。俺は気になっていることを質問するため口を開いた。

「早速で悪いが、あんたに聞きたいことがある。いいか？」

「ええ、もちろんですわ。わたくしかプラヴァスが分かることであればお答えさせていただきます」

「助かる。まず勇者召喚の儀式《ぎしき》についてなんだが、これはこの世界で一般的に知られていることか？」

「そういうものなんじゃないの？　……いたっ」

夏那が横から口を挟んできたのでデコピンで黙《だま》らせ、エピカリスの言葉を待つ。

こいつの言う通り『そういうもの』なのかもしれないが、今までの情報を整理すると、アキラスが勇者召喚に成功したことや、奴が風太と夏那だけを勇者と呼んでいたことなど、不自然な点もある。なぜ魔族が勇者を召喚できたのかという俺の懸念《けねん》が払拭《ふっしょく》されることはないだろうが、一応聞いておかなければならない。

「リク様のご質問である勇者召喚の儀式についてですが、一般的に知られているものではありません。ですが、国が困難に陥《おちい》った時、異世界人を召喚することで、困難を解決してくれるという伝説であれば知る人は多少はいると思います」

「なら、アキラスはどうやって召喚を？」

「魔族に囚《とら》われていた時のことは全て覚えています。アキラスは召喚に関する文献《ぶんけん》を読んでいた素《そ》振《ぶ》りもなかったのですが、フウタ様達勇者の召喚を成功させました。そこはわたくしも不思議で」

「……ふむ。勇者召喚はこの国以外でもできると思うか？」

「え？　そう、ですね……おそらく無理ではないかと。グランシア神聖国の聖女様ならできるかもしれません。正直なところ、わたくしの身体を使ったとはいえ魔族が勇者召喚の儀式をできるとは思いませんでした」

聖女、ね。やっぱりこっちにもそういう存在はいるのか。

それはいいとして、さっき言っていた伝説で気になることがある。

ロカリス国のギルドマスターのダグラスの話では、魔族が突然現れたのは五十年くらい前で、それまでは魔物くらいしか人類の敵は居なかった。その魔物も一般人で対処できたらしいから、『困難』としちゃあ少し弱く、勇者を召喚するには及ばない。

となると、『そもそもなぜこの世界に勇者召喚が存在するのか？』という疑問が出てくるのだ。

今は議論するつもりはないが、俺達が元の世界に戻るためにはそれについて調査をする必要があるような気がする。

それにしても、『聖女ならできる』というなら、魔族であるアキラスが俺達を召喚できたのがやはり引っかかるな。

「アキラスは他の魔族のことはなにか口にしていなかったか？　例えば、仲間と連絡をしていたとか」

「それはなかったと思います。わたくしに憑《つ》いていた時はかなり魔力量が減っていましたし、手柄を独り占めしたいようなことを口にしていましたよ。エラトリアへ襲撃《しゅうげき》した時はわたくしから抜け出て変身していましたけど、本来の実力ではなかったみたいです」

そこでエピカリスにアキラスが抜け出た後に逃げられなかったものかと聞いてみたが、城の地下牢に入れられた上に、眠らされていたから無理だったという。

「まあ、魔族が人間に憑依した時、憑いている魔族は弱体化するものだからな。手柄を独占したいと言っていたなら、俺達の存在は魔王側に伝わっている可能性は低いと考えてもよさそうだ」

「事前に仲間へ知らせていたりしていないでしょうか？」

俺の言葉に、風太が目を向けて疑問を口にしてきたが、俺は『その件は』と彼に返す。

「有り得なくはねえ。だが、手柄を独り占めにしたいと考えているなら、仲間に伝えることはしていないと思うぜ？　なんせ魔族ってのは意地汚いから、同族の手柄を横取りするくらいはやる。自分の手柄が目の前にあったら横取りされるのを警戒して救援は呼ばないだろう」

「確かにそれなら黙っていそうですね。でもあんなのが沢山いるなんて……」

水樹ちゃんは身を震わせながら、ホールでのアキラスとの戦闘を思い出しているようだ。

武器と覚悟を持っていなかっただけで、レッサーデビル程度なら風太達でもいい戦いができたはずだがそれは言わないでおく。

むしろパニック状態で攻撃魔法を使うのを忘れていたのがよかったくらいだ。元人間を殺させるのはちょっとな。

三人にはギリギリ狩猟《しゅりょう》をやらせてもいいかどうか、くらいだろうな。

「でも、それなら安心ってこと？　仲間が知らないならここはもう安全なの？」

「いや、そういうわけにもいかねえぜ、夏那ちゃん。好き勝手にやる魔族だが、さすがに連絡が途絶えれば他の魔族が様子を見に来るだろう。それがどのくらいのスパンか分からねえけど、必ずいつか異変に気づくはずだ」

「あー……。確かに。そっか……」

夏那が頭に手を置いて納得する。

魔族がどういう形で国を攻めているのかが分からない限り、憶測《おくそく》でしかない。だが、いつまでも連絡がない場合、放置はしないだろう。

「それにしてもリクは魔族のことに詳しいな？　勇者でもないし、お前達の居た世界には魔族は存在しなかったのではなかったか？」

プラヴァスが俺に視線を向ける。さすがに違和感を覚えたらしい。

「あー……」

どう誤魔化《ごまか》そうか？　少し考えてから俺は口を開く。

「くくく……実は……俺自身が魔族なんだ、そりゃ知っていて当然だろ？」

「はあ……？　リク、何を言っているのだ？」

「なに馬鹿なこと言ってんのよ？」

「リクさん、それは……ちょっと……」

……滑《すべ》ったか。

さすがに冗談が過ぎると、全員が俺に呆《あき》れた視線を向ける。特に夏那の視線が厳しい。

とりあえず風太達には俺が別世界の勇者だったことは話しているが、この世界の人間にそれを話すのはちと憚《はばか》られると思っている。本来なら、アキラスのような幹部クラスの魔族を倒せることも知られたくないくらいだ。

その理由は、今回の勇者召喚の『メイン』はあくまでも風太達で、関係ない俺が元勇者と公言して話が広まると、魔族に警戒されるからだ。

勇者二人とそれ以上の存在が居ると分かれば、敵である魔族の動きが活発になるだろう。折角《せっかく》俺の実力は知られていないのだから、このまま通したい。

それに、アキラスの時と同じく、油断を誘い、俺が暗躍《あんやく》しやすくなる状況を保っておきたいというのもある。エピカリス達には口止めをするとして、どう誤魔化そうか……ああ、これならいけるか？

「冗談はさておき、魔族の件だが、俺達の世界には確かに魔物も魔法もない。が、それらは物語として存在していてな。魔族もそういう話に含まれている。そこから予測できたってわけだ」

「なるほど、存在しないのに形にしているのか……凄いな……」

「ではフウタ様達もご存知、ということでしょうか？」

「ええ、ゴブリンやオークはメジャーな部類の魔物ですね。魔法もちょっと違いますけど、ファイヤーボールみたいなのがあります」

特に深く考えていないだろうけどナイスフォローだぜ、風太。

さて、うまく誤魔化せたが、これ以上俺の力について色々と突っ込まれる前に今後の話を進めるとしよう。会話の主導権は常に握っておかねえとな。

「さて、俺のことはいいとして今後のことだ。俺達は一か月ほどここに滞在するが、その間に魔族の動きがなければ旅に出たいと思う」

「そうなのですね……できれば留まっていただけると嬉しいのですが……」

俺の言葉を聞いて明らかに落胆《らくたん》するエピカリス。

「一か月あれば騎士団の再編もできるだろ？　幸い騎士団長クラスの魔族化は一人だけだったし、城で働く人間も募《つの》ればいい」

「しかし、アキラスのような魔族と戦うには些《いささ》か不安が残る」

プラヴァスも同様に落胆しているが、そこはなんとかしてほしいところだ。

そこで夏那が笑顔で口を開く。

「それでもこの国とエラトリア王国から魔族が居なくなったのはよかったんじゃないですか？　リクが一か月ほど待つのは、それだけ経っても魔族が来ないイコール、しばらくは安全と考えられるってことだもんね」

「そういうこった。他に魔族が居て反攻作戦をするなら疲弊《ひへい》している今を狙ってくるはず。それが一か月もないということは、敵が近くに居ないということだな」

「なるほど……。絶対ではないだろうが、ずっと待ち続けるわけにもいかない。その判断材料として期間を設けているのか」

納得したプラヴァスが顎《あご》に手を当てて呟《つぶや》き、俺は頷く。

期間については、俺の経験上そう判断しているにすぎないが、信頼してもらうほかないな。

「あたし達が頑張って魔王を倒すから、送り出してよ！」

夏那が元気に言う。

「そう、ですね……困っているのはこの国だけではありませんし、わたくし達で頑張らなければいけませんね」

夏那の発言はともかく、自分達で対処するというエピカリスの考えはその通りなので、頷いておく。

困っている、か……他の国はどの程度まで侵略されてるんだか――

おっと……ダメだ、ダメだ……魔族絡みだと色々推測しちまうな。切り替えねえと。

「ああ、俺達みたいな異世界のイレギュラーが出しゃばっちゃいけねえ。もし俺達がずっと助けていて、いきなりいなくなったらどうする？　その時、自分達ではどうにもできませんでしたじゃ次こそ本当に滅《ほろ》んじまう」

「リク……。そうか、そうだな」

プラヴァスが難しい顔で納得してくれた。

何度も言うが、この世界のことはこの世界の人間でなんとかするべきなのだ。

「それでは旅立った後は、魔王の居る島へ向かうのですか？」

エピカリスにそう問われたので、俺は首を横に振る。

「いや、まずはさっき言っていたグランシア神聖国とやらに行って、聖女に話を聞いてみたい。魔王のことと勇者召喚のこと、それと……いや、そのあたりを知ってそうだしな」

できることなら、魔王とは戦わずに元の世界に戻る方法も探したい。けど、夏那が『頑張って魔王を倒す』と言った手前、口に出しづらいので言葉を濁《にご》す。

「ええ、聖女様は何度か会ったことがありますが、博識《はくしき》ですよ。グランシア神聖国に行くには、ここから南東にある、クリスタリオンの谷を抜ける必要があります。そして、谷の先にあるボルタニア国の、さらにその先にありますわ」

そこでエピカリスから、ボルタニア国とグランシア神聖国に、現状を知らせる書状を持って行って欲しいと頼まれた。

彼女によると日数的にボルタニア国まで二十日、グランシア神聖国まで行くならさらに十五日と、ほぼ一か月と少しの道程になるらしい。

……本当なら風太達を置いていくのがいいんだろうが、俺の目が届かず、すぐに戻れないところに放置するのは厳しい。転移魔法が使えればここを拠点にして行動できるのだが、何度やってもこちらの世界では成功しないんだよな。

と、そこで俺は話題を別のことに変える。

「そういや国王様はどうなんだ？　病気なんだろ？」

「……はい。もう長くないだろうとは言われていますが……」

「一応、回復魔法を使ってみるか？　俺は病気に効く魔法を使えるから試してもいいぞ」

俺の言葉にエピカリスが目を見開き、話の途中だが国王の下《もと》へ来てほしいと立ち上がる。

そして俺達はエピカリスに連れられて、国王が寝かされた部屋に来ていた。

「お父様……」

「いつも以上に顔色が悪いですね……」

エピカリスとプラヴァスが、不安そうに呟く。

「ま、やってみるか」

ベッドに寝かされた国王の体調が芳《かんば》しくない原因は呪いの類《たぐい》ではなかった。なので、テッド――アキラス戦で大活躍したハリヤーという馬の飼い主である男の子――の母親を治療した〈病排除《デタッチ》〉を使い、あとは薬で回復できそうな状態にまですることができた。

呪いになるとちょっと面倒だと考えていたが、この程度の病気でよかったぜ。

実は癌《がん》といった厄介《やっかい》な病気でも、〈病排除《デタッチ》〉を何度か根気よく使い続ければ治る。

旅の途中で病気になるのが一番キツイから、正直なところ、この魔法と傷の回復魔法以上に旅で役立つ魔法を俺は知らない。攻撃魔法は派手だが敵に効かないことなどもあるからなあ。

「いや……ホントに凄いな、リクは……。新しい騎士団長にならないか？」

「本当ね……幹部クラスを倒せて、私やお医者様でもできなかったことを簡単に……」

プラヴァスと、国王の看病《かんびょう》役でもある宮廷魔法使いのルヴァン――褐色《かっしょく》肌の女性――が、呆れた顔で俺を見ながらそんなことを言う。

俺はそんな彼らに鼻を鳴らし、肩を竦《すく》めながら言ってやる。

「俺達は元の世界に帰るんだから、この国に腰を落ち着けるわけにゃいかねえよ。ここから一か月ほど魔族の動向を探るついでに、陛下の様子も見てやるぜ」

すると、治療を眺めていた夏那が口を開く。

「ならその間あたしは訓練をやるわ！　ハリヤーさんにも乗って馬に慣れないとね」

「やる気だな、夏那ちゃん。風太は御者《ぎょしゃ》の訓練もやるか。出発する時は馬車を用意してくれるって話だし、俺と交代できるようにしたい」

「分かりました、頑張ります！　水樹は？」

「私はもっと魔法を覚えたいかも」

と、軽い感じで言う三人。やる気があるのはいいことだ。

ちなみに、エラトリア王国との国交は正常化し、物流や冒険者の移動も問題なくできるそうだ。

まあ、その代わりロカリス国には、アキラスが制御していたと思われる魔物が出るようになったから面倒ではある。が、元々そういう状況だったんだ、気にはならないだろう。

あとは犠牲者《ぎせいしゃ》が民間人ではなく城仕えの人間ばかりだったのが不幸中の幸いだったかな。それでも百人単位でこの世から消えたので、家族の悲しみは計りしれない。罪悪感《ざいあくかん》から逃れるためには、これでも上手くやった方だと思うしかねえんだよな。

◆　◇　◆

これからの方針を決めた日から約二週間。

魔族が襲来や復讐に来るといったことは一切なく、割と平和な日々を過ごすことができていた。

「ふあ……リーチェのやつも夏那ちゃん達と訓練に行っているし暇《ひま》だねえ」

「大きなあくび。あなたが魔族の幹部を倒したなんて信じられないわ」

庭の木を背に休んでいると、宮廷魔法使いのルヴァンが現れた。

「おう、ルヴァンか。風太のところに居なくていいのか？」

彼女は二十歳らしいが、なかなかの魔法の使い手で、魔法の腕ならこの城で一、二を争う猛者《もさ》だった。魔力が高いおかげで魔族化には至らなかったようで、彼女がもう少し早くアキラスとの戦闘に参加してくれていれば、もっと楽に勝てたかもしれない。

「あなたに来客よ。それで呼んでこいって言われたの。フウタ達はまだ着替えている最中だから先にね」

「そうかい、そりゃありがとな。ああ、そうだ。お前って生活系の魔法って使えるか？　解毒《げどく》とか殺菌《さっきん》……あー、身体を綺麗にする魔法」

「え？　それなら〈キュアレイト〉と〈ピュリファイケーション〉があるけど。どうしてそんなことを聞くのよ？」

俺が立ちながらルヴァンに尋《たず》ねると、そんな疑問が返ってきた。なので横に並んで歩きながら、理由を話す。

「旅に出ると間違いなくあいつらは困るはずだ。元の世界ではキャンプすらきちんとできていたか怪しいし。料理なんかは道具がありゃいけるだろうが、キャンプ生活が長く続けば『虫がー』とか『お風呂《ふろ》入りたいー』とかわめきそうだ。特に夏那ちゃんは」

「あなたも使えるんじゃないの？　教えてあげればいいじゃない」

「俺の魔法はちょっと特殊でな。この世界に呼ばれた勇者なら、『こっち』のを覚えるべきだ」

「なんかよく分からないけど……まあ、教えておくわ」

彼女は肩を竦めながら前に出て俺を先導する。

慣れた城の中を進んだ先は、この前の謁見の間だった。ルヴァンが扉の前で口を開く。

「お連れしました」

「お入りください」

中からエピカリスがそう言うと扉が開き、中へ入る。

連れてきてくれたルヴァンは頭を下げてこの場を立ち去る。

彼女を見送ってから前を向くと、そこに立っていたのは――

「フレーヤにニムロスか、元気そうでなによりだ」

「リクさん！」

「やあ。久しぶりだね、リク。こっちに顔を出さないなんて薄情《はくじょう》じゃないか？　ワイラーが文句を言っていたよ」

エラトリアの騎士、フレーヤとニムロスだった。

ワイラーの文句……それは『俺の短剣を返しに来い』だとさ。

そういやロカリスに戻る前に、オイルライターと交換していたっけ。旅立つ時にエラトリアへ行けばいいかと思っていたし気にしてなかったな。

「まあ、ワイラーにゃ悪いがもう少し待ってもらうとして……ニムロス、どうしたんだ、今日は？」

「それは――」

「まあまあ、ニムロス殿。とりあえず皆が集まってから話をしてもらおうではないか」

渋い声が聞こえた方へ目を向けると、国王が玉座に座り穏やかに笑っていた。

一命を取り留めてあとはリハビリすれば治るはず。……だが、無茶はしない方がいいんだけどな。

「起きて大丈夫なんですか？」

「おかげさまで調子がいい。今までエピカリスに任せきりだったから、多少無理をしてでも顔を出さねばな」

「ま、本人がいいならってことで」

お互い笑みを浮かべてそんな話をしていると、背後にある扉の向こうでバタバタとした足音が聞こえてきた。

「お、お待たせしました！」

「すみません、着替えに手間取りました！」

水樹ちゃんと風太が慌てて入ってきて、すぐ後に不満げな夏那と、リーチェがついてきた。

「リーチェの防御魔法、硬すぎるわ……」

『そりゃリクの無意識と魔力が合わさって創られているから、この中じゃ実質ナンバー二よ！』

どうやら訓練で夏那の攻撃がリーチェに通じなかったようだ。

「く、悔しい……って、あの時の女の子騎士！　久しぶり！」

「ええっと……カナさんでしたっけ？　フレーヤですよ！　フウタさんとミズキさんもお元気そう

で！」

「いやあ、フ、フレーヤさんもお元気そうでなにより。あ、あの時はありがとうございました！　痛いっ」

今日も鎧《よろい》を着て勇ましいフレーヤ。そんな彼女が微笑《ほほえ》みながら挨拶《あいさつ》をすると、風太が照れながら答える。それを見て、夏那が風太の尻を叩いていた。

というか風太の態度……こりゃ本気か？　あまりいいことじゃねえし、あとで忠告しとくか。

「国王様もいらっしゃったんですね。エピカリス様も」

「ふふ、割り込む隙《すき》がありませんでしたわね。ええ、プラヴァスが来たらお話をしましょうか」

水樹ちゃんの言葉にエピカリスが微笑み、ほどなくしてプラヴァスが登場した。ニムロスと親友同士で握手《あくしゅ》を交わした後に、ニムロスが訪問理由を話し出した。

とりあえず国交の復帰についてゼーンズ王からの書状を持ってきたことが一つで、あとはエラトリアの現状を伝えに来たらしい。

戦争時に防衛線を張っていたエラトリアの面々だが、結局のところ大事《おおごと》にはならず魔物退治で終わったことをみな喜んでいたとのこと。

手を回していたアキラスが消滅したこともあって、魔物の数が一気に減って平和になったとさ。

……国のトップが魔族に取り憑かれていたロカリス国より、実際に魔族の襲撃を受けていたエラトリア王国の犠牲者の方が少なかったのは皮肉というか僥倖《ぎょうこう》だったというべきか……難しいところだ。

そしていくつか外交に関する提案書の確認が終わったところで、ニムロスが俺を見ながら言う。

「――それと、ゼーンズ王からの伝言で、リクに一度エラトリア王国へ来てほしいとのことなんだが……どうだい、一緒に来てはもらえないか？」

「俺？」

「はい！　魔族の脅威《きょうい》は終わっていませんが、お城でパーティーをすることになったんですよ。それでこの戦いを終わらせたリクさんに是非お礼が言いたいと。もしよかったらカナさん達もご一緒に！」

「あ、それは行きたいかも！」

フレーヤが補足すると、夏那が色めき立つが、俺は頬《ほほ》をかきながら返答をする。

「あー、俺はいいや。みんなで楽しんでくれりゃ満足だ」

「「えー!?」」

驚愕の声を上げたのはフレーヤと夏那。

なぜかと問われれば、俺は彼らを利用したにすぎないし、あまり仲良くするつもりもないからだ。

フレーヤを鍛《きた》えたのも国を救ったのも、全ては俺や高校生達のため。

だから礼を言われることじゃないんだよ。

「ま、そういうわけだ。あ、でもワイラーの短剣は返しておいたほうがいいか。どうせあと二週間もすりゃ俺達は旅に出る。道中、一回だけ顔を出させてくれ」

「うう……どうしてもダメですか……？」

「リクさん、フレーヤさんもこう言っていますし、パーティーくらい行ってもいいんじゃないですか？」

風太がそう言うが、俺は首を横に振った。

「いいや、必要ない。俺は俺の目的でエラトリア王国の人々を利用した結果、こうなっただけだ。彼らが俺に感謝する必要はねえ。それで？　俺に言うことはそれだけか、ニムロス」

「うん、そうだね」

「ならあとはそっちで話をしてくれ」

「あ！　リクさん！　それなら――」

風太がなにか言いかけていたが、俺は踵《きびす》を返して謁見の間を後にした。

これ以上ここに居ても面白い話は聞けそうにないし、少し眠るか――

◆　◇　◆

――Side：夏那――

あたし達は謁見の間から去っていくリクの背中を黙って眺めていた。

「リクさん……」

「彼はいつもああなのかい？」

水樹が呟くのを聞いて、ニムロスと呼ばれていた人があたし達に声をかけてくる。

苦笑しているものの、どこか困惑した顔をした彼らに、あたしは口を尖らせて反応する。

「まあね……って言いたいところですが、あたし達も知り合ってからそれほど時間が経ってないんですよ。頼りになるけど、あんまり手柄とかを褒《ほ》められるのが好きじゃない感じはします」

「うん……なにか隠しているような気がするけど……」

ここでリクに対しての心情を吐露《とろ》するわけにはいかないので、風太は言葉を濁しながら寂《さび》しげな顔をする。水樹も困った顔でリクの出て行った扉を見ていた。

するとエピカリス様が空気を読んで口を開く。

「仕方ありません。リク様はあまり派手なことは好きではないようですし。エラトリアには旅立ちの時に立ち寄ると言っているので、その時に祝いをすればいいのではありませんか？」

「ニムロスよ、実は私達も陛下を治療していただいたのと、貢献《こうけん》してくれたことで宴《うたげ》をと思ったのだが、報酬《ほうしゅう》は物品だけでいいと拒否されたよ」

プラヴァスさんがそう言って苦笑していると、ニムロスさんも、エラトリアにいる時もそんな感じだったと顎に手を当てて呟くように言う。

「ふむ……ドライというかなんというか、だね」

「僕はフレーヤさんのパーティーに参加したかったけど。……痛いって夏那!?」

風太がそんな浮かれたことを言うので、お尻をつねってやった。

その様子を見て、フレーヤさんが微笑みながら口を開いた。

「ふふ、ありがとうございます。でも、今回の主役が拒否するとなると難しいですねえ」

リクはあたし達のことを一番に考えて行動してくれているから強くは言えないけど、なんだか色々と拒絶しているようにも見えるのよね。前の異世界でなにかあったのかしら……?

「とりあえずエラトリア王国へ来た際にもう一度誘ってみますよ」

ニムロスさんがそう話を締めくくった。

どちらにせよあたし達はリクについていくしかない。いつか話してくれるといいけど。

――そして約束の一か月となり、旅立つ時がやってきた。

◆　◇　◆

「さて、と。出発するにはいい天気だなこりゃ」

『ちょっと寂しい気もするけどね』

ロカリス城の門の前にある馬車の横で、俺とリーチェは城を見上げながらそんなことを口にする。

約束の一か月が経過し、準備をして英気を養った俺達は、いよいよグランシア神聖国へと向かう。

――結局、魔族の『ま』の字も出てこず、現状では魔王側に諸々の情報は伝わっていないと判断した。

俺達を警戒して出てこないことも考えられるので、旅立った後、戦いを仕掛けてくることはもちろんあるだろう。だから城に結界を張るように宮廷魔法使いであるルヴァンへ告げた。

とりあえず今は俺の結界が張ってあるのだが、結界は時間が経つと弱くなってしまうから、長い目で見ると不安が残る。

結界の使い方を知らねえなら覚えろ、使えるならもっと腕を磨けとケツを叩いておいた。

まあ彼女は魔力の使い方も、覚えもいいので上手くやるだろう。

そしてこのまま神聖国へ……といきたいが、エラトリアにも結界を張りたいのとゼーンズ王に挨拶をしておきたいので、俺達は一度エラトリア王国へ向かう。ワイラーに短剣も返せてねえしな。

それと、せっかく俺や風太達のためにパーティーを開こうとしたのに遠慮《えんりょ》したことも少し心苦しかった。なので直接謝罪をしておきたい。

「……いかんな。あれから何年も経つのに」

一人で異世界に行って戦い、そして終わらせた。だけど、あの時に受けた傷は今もなお胸に残ったままなのだ。

俺の中ではそれが完全に吹っ切れていない。だからこそ人と関わることを避《さ》けたいのだが――

『仕方ないわよ。でも、今回はそうも言っていられないし、ね』

そう言って城から出てくる高校生三人に目を向けながら肩を竦めて笑うリーチェ。そこで夏那が俺達に気づいて駆け出してくる。

「あ！　居ないと思ったらもう外に出てたの？　出るなら声をかけなさいよ」

「別に逃げるわけじゃねえし、いいじゃねえか」

「そりゃそうだけどさ、やっぱこの四人でこっちに来たんだから、揃ってた方がいいでしょ！」

なぜか得意げにそんなことを口にする夏那に、俺は苦笑する。

そして風太と水樹ちゃんの後ろにいるメンツに目を向けて、肩を竦めた。

「王族に見送られるとは豪華《ごうか》なこった」

そこには国王、姫さん、プラヴァスにルヴァンがいた。他の騎士や騎士団長は前の日に挨拶をしているので今日はこれだけだ。

そこで国王が俺に向かって頭を下げる。

「リク殿、私もこの通り一人でも歩けるようになったよ。そしてこの国の代表として改めて礼を言う、本当にありがとう」

「気にしなくていいですよ。たまたま利害が一致した結果ですから」

俺がそう言うと、エピカリスも国王に続いて礼を口にする。

「いえ、わたくしがアキラスに乗っ取られたままならロカリス、エラトリアの両国は滅ぼされていたかもしれません。ありがとうございます」

「ま、この前も言ったが、ラッキーだったと思えばいい。魔族との戦いは終わっていないし、姫さんが必死に訴《うった》えかけた結果、水樹ちゃん達があんたの表向きの姿に不信感を覚えることができたわけだし、俺だけの手柄じゃねぇよ」

俺が両手をやれやれといった感じで広げて首を横に振ると、プラヴァスが呆れたように言う。

「まったく、ああ言えばこう言う。素直に受け止められないのか？」

「生憎《あいにく》、俺は捻《ひね》くれ者だ。だからこそ事態の収拾ができた。それに、『疑心を持て、知り合いでも』って師匠《ししょう》がよく口にしていたよ」

「今後、その言葉を肝《きも》に銘じておくよ。……死ぬんじゃないぞ」

「そりゃこっちのセリフだ、プラヴァス。そのうち姫さんと結婚するんだろ？　きばっていけよ」

そのうちにとは言っているが、プラヴァスとエピカリスは結婚の予定を早めるそうだ。国王は元気になったもののやはり気が弱っており、退位して若い二人に託したいらしい。

性格が穏《おだ》やかな王なので、娘が魔族に取り憑かれていたショックで精神的なダメージを負ったのだろう。同情はするが、それではまた付け狙われる。

逃げだと思うがこればかりは責めにくい。

「ったく……リクのせいで仕事が増えたわ」

「ふん、若いんだからそれくらいは頑張れよルヴァン」

「腹立つー！　いいわ、戻ってきたらびっくりするような結界を張ってやるんだから！　……それとフウタ、元気でね……そして戻ってきたらお付き合いしましょう！」

「うん、ありがとうルヴァンさん。でも、お付き合いはできないかな」

「うぐ……」

風太があっさりと結論を言い渡し、ルヴァンは撃沈した。

この一か月の様々なアプローチの甲斐《かい》なしとは可哀想《かわいそう》だが、ルヴァンは夏那と水樹ちゃんの手前、ノリで迫っていた部分もあったしな。

ともあれ、ロカリスは魔族に対しての防衛をしっかりやると宣言していたので、頑張ってもらいたい。折角助かった命だ、繋《つな》いでほしいと思うぜ。

そうして一通り挨拶を終えた俺は馬車の御者台に乗り込む。

「それじゃ御者はまず風太に任せた」

御者台に並んで座る風太にそう声をかけると、風太は元気にエピカリス達に挨拶をした。

「はい。それじゃ、皆さんありがとうございました！」

「召喚はまいったけど、お互い様だったわね」

「お元気で！」

夏那と水樹ちゃんが、最後の挨拶をする。

「はい。また、お会いしたいと思います。女神ルア様のご加護があらんことを！」

「ニムロスによろしく言っておいてくれ」

二人が幌《ほろ》付きの荷台に乗り込むと、プラヴァスと姫さんが手を振りながらそんなことを言う。

「「さようなら！」」

馬車がゆっくり進み出すと女の子二人は後方に移動して手を振り、俺は前を向いたまま手だけ振ってやった。

「そういえばハリヤーは連れて行かないのね」

町に入って少ししてから、夏那がそう聞いてきた。

「テッドにとっては、爺《じい》さんの形見みたいなもんだろ？　それに、あいつはもう派手な動きはできねえしゆっくりさせてやればいいいさ」

「うん……」

この一か月乗馬の練習に付き合ってもらったので情が移ったのか、寂しげな顔をする夏那。水樹ちゃんもあいつのおかげで乗れるようになったし、ホント賢《かしこ》いやつだったぜ。

「テッドくんの家に挨拶には行かないんですか?」

隣に座る風太が横目で聞いてくる。

「……いいって、そういうのはガラじゃないんだよ」

『あはは、寂しくなっちゃうもんね』

「やかましいぞ、リーチェ」

俺は目の前で飛ぶリーチェをつまんでやった。

『ぎゃあああ!? 助けてカナ!?』

「ははは、今が十分賑やかだもんね」

風太が苦笑しながら馬車を操作し、やがて町中へと入る。

こいつは御者がこの期間でだいぶ上手くなった。

あと、戦闘のメインは俺だが、ある程度は身を守るための訓練も積ませた。

しかも、俺が前の異世界で学んだサバイバル技術も叩き込んでいるので、野営もなんとかなるだろう。

フレーヤほどではないと思うが、それなりに戦闘にも対応できる……はずだ。それでも幹部クラス、俺がかつて居た世界でいう上位クラスの魔族相手はまだ無理だろう。

そんなことを考えていると、ギルドの脇を通り過ぎる。ダグラスの暑苦しい顔を思い出し、あいつらも魔族に対抗できるようにするとか言っていたなと思い出す。

そして町の外へ差しかかった時——

「リクさーん！　ありがとうー!!」

「お、テッド……それにハリヤー……」

門の近くでハリヤーを連れたテッドが笑顔で手を振っていた。横で立つハリヤーは、初めて出会った時のどこか諦めた感じのある雰囲気から一転して堂々としていて、それがちょっと嬉しかった。

「元気でねー！　また遊びに来てね、おうちのこと本当にありがとう！」

「おう！　父ちゃんと母ちゃんを大事にしろよ！　ハリヤー、お前はちゃんと爺さんの代わりにテッドを守ってやれよ！」

俺がそう言うと、ハリヤーは少しだけ寂しそうな目を向けながら『大丈夫、分かっていますよ』みたいな感じで大きく鳴いた。

そのまま門を抜けると、ロカリス国の門が段々小さくなっていく。振り返ると、テッドは姿が見えなくなるまで手を振っていた。

「なんだか寂しいわね」

「出会いがありゃ別れは必ず発生する。そんなもんだって」

「ふふ、リクさんが一番寂しそうですけどね」

「そりゃないぜ、水樹ちゃん」

荷台から声をかけてくる二人に肩を竦めていると、隣に座る風太が笑いながら夏那と水樹ちゃんへ言う。

「僕達は初めて異世界で外に出るわけだし、気を付けないとね」

「ああ、戦闘は俺に任せとけ。だけど自分の身はしっかり守れよ？」

「うん」

「分かりました！」

「大丈夫よ！」

三人がそう返事をする。

こうして俺達はロカリス王都を後にし、旅立った。エラトリア王国までは行ったことがあるし、今回は追手も来ないから楽だろうと思っていたんだが——

◆◇◆

「やれやれ、一長一短だな。アキラスを倒したらこれか」

「いやあ、凄いわね……」

俺の〈水弾《アクアバレット》〉で眉間《みけん》を貫かれて絶命した巨大な芋虫《いもむし》の魔物を見ながら、夏那が絶句する。

ハリヤーと旅をした時にはロカリスに魔物は居なかった。だが、アキラスの制御が無くなった今は多くの魔物が戻ってきているようで何度か遭遇《そうぐう》していた。

大した相手ではないので御者台から魔法で迎撃《げいげき》するだけで事足りる。実はこれをするため風太を御者に仕立てたのだ。

今回は急所を一撃で貫いているからそこまでグロくはない。だけど剣や槍での戦闘をして内臓で

もぶちまけたら、女子二人は吐いてもおかしくはねえな。

そう思いながら苦笑していると、水樹ちゃんが幌から顔を出してきた。

「す、凄いですリクさん……命中精度も撃つ速さも……」

「前の異世界ではこういう仕事もしていたからな。っと、国境の壁が見えてきた、エラトリアまであと少しだ」

「おおー……砦《とりで》って感じね」

「なんかホントにゲームみたいだ」

風太はオープンワールドのゲームが好きらしく、不謹慎《ふきんしん》だけどドキドキするんだってよ。

そこで水樹ちゃんが思い出したように口を開く。

「そういえばこのお馬さん達って、ハリヤーのお孫さんらしいですよ」

「え、マジか!?」

思わぬ情報に、俺は驚いてしまう。

「はい！　ハリヤーさんがお年寄りだって聞いて、エピカリス様が探してくれたそうなんです」

「なんで先に教えてくれなかったんだ？」

「ハリヤーの孫って聞いたら、リクさんは連れて行かないって言い出すんじゃないかって」

「あー」

確かに言うかもしれねえ。

動物でも家族ってやつは、なるべく近くで暮らした方がいいからな。

ちなみにハリヤーの子にあたる馬は騎士団の馬房に居るのだとか。旅ならより若い方がいいからと、この二頭をくれたらしい。

「名前はなんていうんだ？」

「ハリソンとソアラって名前みたいです。ね？」

水樹ちゃんが笑顔で聞くと、二頭は『お話は伺《うかが》っています、よろしくお願いします』といった感じで小さく鳴いていた。ああ、確かに祖父に似てる鳴き方だなと頬が緩《ゆる》む。

『なんか嬉しいわね。だからハリヤーは大人しく見送ってくれたのかも』

「多分そうね、ハリヤーは一緒に行きたかったと思うけど」

リーチェと夏那が笑いながらそう呟く。

「なら、こいつらは死なせねえようにしないとな」

「そうですね。ほら、国境を抜けたら休憩《きゅうけい》だぞ」

風太が二頭に声をかけながら、手綱《たづな》を操り進んでいく。

国境にいた門番はこの前フレーヤと一緒に通った時と同じ奴で、『女の子を変えたのか』と悪い冗談を口にしながら笑っていた。

去り際に後ろから『おかげで死なずに済んだ』と両国の門番に礼を言われたので後ろに手を振ってその場を後にする。

というわけでそれから一泊だけ野営を行い、そのままエラトリアの王都まで突き進む。

馬車の荷台があるおかげで、夏那と水樹ちゃんがゆっくり眠ることができるため、比較的不満を漏《も》らさずに移動できたのは僥倖と言えるだろう。

そうした中、五日ほどかけてようやくエラトリア王都に到着した。

人が増えると移動速度も遅くなるな、やっぱり。

「おお、あなたは……！　ニムロス様を呼んで参ります！」

城の門番は俺を覚えていたようで、すぐに城へニムロスを呼びに行く。が、なぜかフレーヤが迎えに来た。

「お待ちしていました、リクさん！」

「おう、フレーヤがお迎えか。ニムロスはどうした？」

「団長は忙しいので代わりにわたしが仰《おお》せつかりました！　馬車に乗ってもいいですか？」

「ど、どうぞ！」

風太が照れながら言う。

「それでは失礼して……皆さんもようこそ！」

「やっほー！」

「わざわざありがとうございます」

俺か風太の隣に座るかと思ったがそうではなく、荷台に乗り込んで夏那と水樹ちゃんとの再会を喜んでいた。

『相変わらず元気ねえ』

「リーチェちゃん！　会いたかった！」

『ぎゃあああ⁉』

そして相変わらずリーチェを握って遊び始めた。

分かりやすくがっかりする風太はさておき、途中でフレーヤが口を尖らせながら顔を突き出してきた。

「それにしても、ほんっとーにパーティーに来ないとは思いませんでしたよ！」

「別にいいじゃねえか。俺はこっちにはあまり手助けできてねえし」

「それでも、戦争にならなかったのはほとんどリクさんのおかげなんですよ？　わたし達としてはお礼をさせてもらわないと気が済まないんです！」

「……どうだろうな、俺はアキラスの襲撃に偶然居合わせただけで――」

と言いかけて、あまり感謝を無下《むげ》にするのもつまらねえことだと思い直し口をつぐむ。

すると、フレーヤは何を勘違いしたのか、鬼の首を取ったかのようにニヤリと笑いながら目を細めた。

「ふふん、言い返せませんか？　もしリクさんが誰かに助けられたらお礼をするでしょう？　それと同じです！　というわけで今日はパーティーになりまーす！」

「あれ？　先にやったんじゃないの？」

夏那が俺に抱きつこうとするフレーヤを引きはがしながら尋ねる。

フレーヤによると、どうやら俺達が来たらパーティーをする方針に変えたらしい。

さっさと旅立つつもりだったが、野営も続いたし女子二人をゆっくりさせてやるかと考え直す。

あとは――

「はあ……」

「……」

風太にも言い聞かせておくいい機会かもしれない。ため息を吐《つ》く風太を見てそう思う。

いや、風太だけじゃなくて、この先の道中で女子達が誰かを好きになるかもしれないし……それも含めてだな。

そんなこんなで俺達が謁見の間へ足を運ぶと、そこには俺が最初に話し合いをした時のように、騎士団長達と姫さん二人と王妃《おうひ》様、そしてゼーンズ王が待っていた。

「よく来てくれたリク殿。久しぶりだ」

「元気そうでなによりです。あれから問題は？」

「平和そのものだ。あれほど緊迫《きんぱく》していた事態が夢だったのかと思うほどにな」

俺が尋ねるとゼーンズ王ではなくワイラーが肩を竦めながらそんなことを口にする。

やはりアキラス以外の魔族は近くに居ないようで、この国も結界さえ張ればしばらくはなんとかなりそうだ。

「改めて礼を言わせてくれ、ありがとうリク殿。君のおかげで犠牲《ぎせい》は最小限に食い止めることができた」

「魔物も減ったし、夜中に駆り出されることもなくなった。ありがたいよ」

騎士団長のジェイガンとザナッシュの二人も頭を下げて、俺にそんなことを言いながら笑う。

アキラスの襲撃と魔物の激増というダブルパンチは、かなりきつかったんだろうことが窺《うかが》えるな。

「なんか強そうな人がリクにお礼を……でも、よく考えたら魔族の幹部を倒して国を救ったんだからそうなるわよね……」

「夏那ちゃん、俺のことを見直したか？」

「ふん、口は悪いけどリクが頼りになるのは知ってたっての」

「わ、わたしもずっとリクさんと一緒で物凄く助けてもらいましたよ！」

夏那が得意げに俺を褒めると、今度はフレーヤが拳を握って謎《なぞ》の主張をする。

すると、夏那はドヤ顔で手を広げた。

「たまたまじゃない。まあ、フレーヤにも助けてもらったけど、リクはうちら異世界人チームだからね？」

そしてそんなことを言ってフレーヤに対抗し始めた。

「独占はよくありません！」

「喧嘩《けんか》すんな、王様の前だぞ」

「「あたっ!?」」

俺が二人を軽く小突いてため息を吐《つ》くと、その場にいた全員が笑い合う。

ま、こうやって笑えるのはいいことだ。

「さて、フレーヤから聞いたかもしれないが、今日は宴とさせてもらう。リク殿、今夜はもちろん泊まっていくのだろう？」

「一日だけ世話になるぜ。明日から俺達はグランシア神聖国へ向かうつもりだ」

「そうか……いや、止めることはできないな。今日くらいはゆっくりしていくといい。先は長いのだから」

ゼーンズ王はなにか言いたげだったがそれを呑《の》み込むと、宴の準備へ取り掛かると俺達に告げて謁見の間を後にする。

「それじゃまたあとでね。国を救った英雄だ、丁重《ていちょう》に頼むよ」

「かしこまりました。勇者様、こちらへ」

ニムロスの言葉でメイド達が微笑みながら俺達の前へやってきた。

そのまま彼女達についていくと前よりも豪華な部屋へと案内された。もちろん部屋は男女で分かれている。

「わあ、お姫様が住んでる部屋みたい！」

「水樹は相変わらずこういうのが好きよねー」

「……うん。家じゃ、こういうのはね」

『じゃ、またあとでねー』

「ああ。風太、俺達は隣の部屋だ」

「はい！」

さて、と……楽しんでいるところ悪いが、ちと話をしておくかね？　気は進まねえが今後のこともあるしな――

「一息つけましたね。やっぱり野宿よりもきちんとした部屋の方がくつろげますから」

「ああ、そうだな。……で、風太、お前はフレーヤが気に入ったのか？」

「え、ええ!?　きゅ、急にどうしたんですかリクさん？」

荷物を置くため部屋の奥へ移動した風太にフレーヤのことを尋ねると、一瞬で顔を赤くして振り返る。

俺はその辺の椅子《いす》に腰かけながら真面目な顔で続ける。

「いや、随分《ずいぶん》とあいつを意識しているなと思ってな？　恋愛感情だったらやめとけよ」

「な!?　き、気づいていたんですか……？」

「むしろどうして気づかれてないと思ったんだよ」

どうやら無意識での行動だったようで、風太は頭を掻きながら口を尖らせ俺を見てくる。

風太は真面目そうだし恋愛経験は少なそうだよな。しかし、幼馴染《おさななじみ》が二人も居る状況なのに、そういうことがなかったとは考えにくいんだがな？

「えっと、まあ、好きかどうかと聞かれると難しいところですけど……あのロカリス城での戦いの時、僕達を助けてくれた彼女はとてもかっこよく見えたから、憧《あこが》れに近いかもしれません」

「そうかぁ？」

「だって、夏那よりも身体が小さいのに魔族と戦っていたんですよ？　僕達も訓練は受けていましたけど、実際魔族との戦いを目の当たりにすると動けませんでした……魔法も使えたのに、です」

これが本当かは量《はか》りかねるが、憧れってのは分からんでもない。訓練を積んで少し自信ができているところに戦闘が勃発《ぼっぱつ》。そこで動けなくなった自分を情けなく思い、それを救ってくれた女の子が格好よく見えるのは分かる。

「まあ、フレーヤはお前達より年上だし騎士でもある。あの場で戦うのは当然だからな？」

「と、年上？」

「確か十九だぞ」

そう聞いて目を丸くする風太を見て、俺は苦笑する。

確かに身長は夏那よりも少し小さいし、年下だと思っても仕方がねえわな。

ま、それはそれとして恋愛感情じゃないならと俺は話を続ける。

「なら、憧れだったと思っとけ。あんまり強制はしたくねえが、異世界で恋愛はやめといた方がいい」

「どうしてですか？　あ、もしかしてリクさんがフレーヤさんの恋人になるから……」

「ちげぇよ!?　あのちんちくりんとどうにかなるわけねえだろ」

俺は風太に呆れた目を向けつつ、深呼吸をしてからゆっくりと口を開く。

「理由はもちろんある。そもそも、俺達はこの世界だとイレギュラーな存在というのは分かるな？　前の世界のことだからそうだとは言い切れねえが、魔王を倒す、もしくは帰還の魔法なりで元の世界へ帰ることができる可能性はそれなりに高い。そうなればこっちの世界には二度と戻れないし、向こう《日本》にこっちでできた恋人を連れていくことも無理だろう」

「……」

結局のところ、異世界で得られるものは知識と力だけだ。最悪の場合、記憶が消えてしまう可能性だってある。

ま、逆に記憶が消えればいい方かもしれねえが。記憶を持ったままだと、好きな奴には二度と会えないという苦しみに苛《さいな》まれることになる。子供なんて作っていたらどうしようもねえ後悔に襲われる。ロクでもない話だ。

そのあたりを懇々《こんこん》と説明すると、風太は『確かに……』と呟いた。

「ってなわけだから、恋愛は止《や》めとけ。そして情が湧くような関わり方もするなよ？　特に男で勇者であるとバレたら言い寄ってくる女は多い。夏那ちゃんもそうだ。勇者だと知られた場合、言いくるめたりイケメンで釣ったりして国に置いて利用しようとする輩《やから》は存外多い。だから人との関わりは必要最小限に留める……それがこっちでうまく生きるための鉄則だ」

俺は言いたいことだけ告げて椅子に背を預ける。すると、不安げな顔で聞いていた風太が、なにかを考えた後に俺の目を見て口を開いた。

「……それは、前の世界でリクさんが経験したから、ですか？」

「さあな。見ての通り俺は冴《さ》えないサラリーマン。当時も若かっただけで、冴えないのは変わりねえからな？　お前みたいにイケメンなわけでも、夏那ちゃんと水樹ちゃんみたいに可愛いわけでもねえ」

「でも、前々から現地人と関わるなって言ってますし、そういうことがあったからでしょう？　……

一体何があったんですか？」

「それは――」

と、言いながら俺は立ち上がって扉に向かって歩き出す。

「――話したいことじゃねえな」

「わわ!?」

「きゃあ!?」

「いたた……」

扉を開けると、なだれ込むように夏那、水樹ちゃん、フレーヤの三人が部屋に入ってくる。肩を竦めながら風太に目を向ければ、苦い顔で頭を掻いていた。

「あ、あはは……」

「ったく、盗み聞きは趣味《しゅみ》が悪いぜ？」

「ご、ごめんなさい……」

「リクさんはイケメンじゃないかもしれませんが、かっこいいですよ！」

「やかましいぞ、フレーヤ」

どっから聞いていたか、なんて野暮《やぼ》は聞かねえ。とりあえず風太がフレーヤを好きかどうかの話の時には気配がなかったからよしとしよう。

むしろ『現地人と関わるな』という話は聞いておいてもらいたい事項の一つだったから、盗み聞きされて手間が省けたとも言える。

「ちょっと、なにがあったのか教えなさいよ！」

「過去のことは過去のことだ。俺のことを話す必要はねえが、今後もこっちでの人間関係には注意をする必要がある。それは事実だ」

「むう。ちゃんと教えないとイケメンに連れていかれちゃうわよ、あたし達、可愛いんだもんねー？」

「アホか、聞いているのが分かったから、からかっただけだ。話は以上だ。じゃあ俺は飯まで横になるぜ」

「いたっ⁉　もう、なんなのよ！」

にやにやしている夏那の額にデコピンを食らわして、俺はベッドに寝転がる。

……期待をさせるようなことを言ったが、そもそも元の世界に戻れるかどうかは分かんねえんだけどな。

魔王を倒したら戻れるというのは、アキラスが適当に語っただけ。だからそれ以外の方法でも戻れるかもしれない。

絶対に戻れないなら現地人と恋仲になってもいいだろうが、戻れる可能性がわずかでもある間はこの認識のままいてもらいたいものだ。

個人的には風太達高校生が恋愛模様になっていないのも気になるが、理由は聞いても教えてはくれないだろうな。

とりあえず今後の話をすることができたのでよしとするかね……

そんなことを考えながらひと眠りすると、やがてパーティーの時間がやってきた――

今、俺達はあてがわれた服に着替えて、パーティー会場――エラトリア城の庭園に居た。

「――ということでエラトリア国はリク殿のおかげで滅亡を免れた。だが、魔族や魔王が居る限り予断を許さず、ロカリスのように内部から侵食《しんしょく》されることも考慮し、警戒を怠《おこた》らないようにしなければならん。きついこともあるかもしれんし、疑心暗鬼《ぎしんあんき》を生むこともあろう。だが、決して屈しないよう一同、頑張ってほしい。私もできることはやっていく。また力を貸してくれ。今日は解決したことを祝うよりもその決意を新たにする意味が強い――」

ゼーンズ王がパーティーの挨拶で今回の事件を振り返り、未来の話をする。

魔族がこの世界に現れてから五十年。人間同士の小競り合いばかりだったため油断をしたというのは間違いなく、奴らが本気でこちらの世界の人間を倒しにかかればまずいことになるのだと認識を改めて、両国は結束を固めた。

グランシア神聖国の聖女とやらにこの世界の事情を聞かねえといけないが、別世界から来たであろう魔族のことについて詳しく知っているかは怪しいところだ。

だとしてもどちらかの国に居ついたままではなにも解決しないので行動しなければ。せめてあいつら高校生《》だけでも元の世界に帰せればいいんだけどな。

「――今日は存分に楽しんでくれ、乾杯《かんぱい》！」

色々と考えていたら、ゼーンズ王の乾杯の音頭が終わり、歓声《かんせい》が沸き起こっていた。

俺や風太は騎士やメイド達と同じように適当な丸テーブルでグラスを握っていた。

『いっただきまーす！』

「あたしもー！」

リーチェと夏那がそう言いながら料理に手を伸ばす。

「慌てなくても料理はいっぱいありますからね！　別の国にロカリス国との国交が復活したことを伝えたらお祝いとして色々もらいました！」

なぜか騎士団の近くではなくここに居るドレス姿のフレーヤが、ない胸を反らして鼻を鳴らす。

「ボルタニア国とやらには知らせているのか？」

俺がグラスの酒を飲みながらフレーヤに尋ねると、サラダを皿に移しながら返事をする。

「いえ、隣国ではあるのですがまだですね。距離もあるし、陛下はリクさん達に書状を持って行ってほしいと言っていました」

「どうせ通るから別に構わねえぞ」

「あれ、関わらないほうがよいのでは？」

風太が意外だという風に口を挟むが、王族クラスの人間に顔を覚えてもらうのは有用だということを説明する。

書簡を持って使者として向かうなら、相手は下手なことはできない。『エラトリアの息がかかっている』ことがボルタニア側に伝わり、抑止力《よくしりょく》になるからだ。無理に全員で謁見する必要もねえから、俺だけ立ち会うのでもいいだろう。

まあ、振る舞い方を間違えるととんでもない目に遭《あ》うから、今回はゼーンズ王の顔を立てる意味が強い。

「なるほど、そうすれば比較的簡単に謁見できそうですし、そこはツテを作っておく方がいいんですね」

「そういうこった、水樹ちゃん。そのうち冒険者ギルドも使うが、貴族も王族も使えるなら使った方がいい」

「あはは……他国のことですけど、お城のパーティーでよくそんなことを言えますよね、リクさん」

「まあ、リクってそういうところがドライだしね。なんせこの中で一番強いんだから、下手に攻撃もできないし」

「あ、そうですね」

……夏那が危ない発言をする。フレーヤはその意味に気づいていないから言及はしないが。

そんな話をしながら適当に骨付き肉をかじっていると、ワイラーとニムロスが近づいてきた。なので俺は懐《ふところ》から短剣を取り出して口元に笑みを浮かべる。

「よう、こいつを回収しに来たのか？」

「嫌な言い方をするな。……ほら、こいつを返しておく」

「おっと。戦争にはならなかったが……役に立ったか？」

俺とワイラーは互いに貸し合っていたものを手にして、肩を竦めて笑い合う。

オイルライターは魔物退治で役に立ったらしい。火をサッと出せるため夜の灯りとして、また油を使って昆虫系の魔物を焼き払う時に活躍したようだ。

「旅に出るらしいね、アテはあるのかい？」

ニムロスがそう尋ねてくるので、俺は返答する。

「とりあえずグランシア神聖国とやらに向かうつもりだ。エピカリスの姫さんから紹介状は貰っているし話はしやすい、心配はいらねぇよ」

「え、そんなの貰ってたの？　あ、改めまして、緋村《ひむら》夏那と言います」

『これ美味《おい》しいわ！』

リーチェを肩に乗せた夏那が、ソーセージの盛られた皿を持って俺の横へやってきて、俺はフレーヤと夏那に挟まれる形になる。

「はは、フレーヤに負けないくらい元気な子だと聞いているよ。ここへ来たということは向こうも落ち着いたってことでいいのかな？」

ニムロスが夏那と握手をしながら質問してきたので、俺は無言で頷く。

そこでこの城にも結界を張っておくことを話し、ロカリス国の宮廷魔法使いであるルヴァンにその魔法を伝授していることを伝えた。効果切れがあるから、魔法が上手い奴を派遣して習っておけと教える。

なんで俺の魔法がこっちの人間に使えるのかって？

まあ、魔法というのは数式みたいなもんなので、この世界に合わせた方程式を教えてやればいいだけだ。水樹ちゃんに魔法を教えた時にそれは分かっていた。

で、上級者になれば理解が早く、ロカリスではルヴァンが適任だったということだな。

この世界にも防御系の魔法がないわけではないが、城全体を覆《おお》うようなものを、ルヴァンは知らないらしい。本来であれば異世界の魔法を教えるのは憚られるが今回は特別だ。

水樹ちゃんに俺の魔法を教えなかったのは癖《くせ》がつくからだが、逆に言えば『教えられないわけではない』ってこったな。

すぐ旅に出るからここで教えている暇はないことを告げると、ニムロスは俺に頭を下げて言う。

「なにからなにまで助かるよ。勇者達もそうだけど、リクがこちらの世界に来たのも僕達を助けてくれるためなのかと思ってしまうな」

「ふん、あとはお前達が頑張らねえと、次はねえからな」

「分かっている。俺達も馬鹿じゃない。対魔族の訓練メニューの構築と、増員をするつもりだ。……ありがとう。できればこの国に……いやなんでもない」

ワイラーが不敵に笑いながら礼を言って頭を下げる。最初の印象はあまり良くなかったが、こういう奴は誠意を見せれば仲良くなれるもんだ。

ただ、この先こういう奴ばかりじゃねえってことを念頭に置かねえとまずい。

信用できる材料が揃うまで手の内は見せない、それを徹底《てってい》しないとな。今から会う聖女とて異世界の人間相手にどう出るか分からねえからな。

最悪、俺達を魔王に差し出すような真似をするくらいのことは考えておく。……人間ってのはそういうことを平気でやるのだ。

そしてパーティーが終わりを告げると、俺達は風呂をいただいてから就寝した。ここまでの旅の疲れを癒《いや》すことができた。

——翌日。

「よしよし、お前らもゆっくり休んだか？　また長い旅が始まるから頼むぞ」

宣言通り出発するべく、俺は馬車を城の入り口に回すためハリソンとソアラを厩舎《きゅうしゃ》から連れ出して歩いていた。

荷台と繋いでから入り口へ向かうと、風太達が手を振って待っていた。

ゼーンズ王や騎士団長達、それとフレーヤが見送りらしい。

ゼーンズ王が、俺に向かって頭を下げた。

「世話になった」

「これからが大変ですよ。頑張ってくださいとしか言えませんがね」

「そこはなんとかやっていくしかないな」

そう言って笑うゼーンズ王と、握手を交わして馬車へ乗り込む俺達。

そこへフレーヤが俺の座る御者台に近づいてきた。

「色々とありがとうございました！　いい経験ができましたよ」

「ああ、俺も助かったぜ。アキラスを倒すまでの間、こいつら《高校生》を守ってくれたからな。ありがとうよ」

「い、いえ……そうやって素直にお礼を言われると調子が狂いますよ……」

「あん？」

なんかぶつぶつ言っているフレーヤを訝《いぶか》しんでいると、夏那と水樹ちゃんが幌から顔を出して口を開いた。

「元気でね、また来ることがあったらよろしく！」

「ありがとうフレーヤさん。こうして無事に旅立てるのはフレーヤさんのおかげです！」

「はい！　また会えると嬉しいです！」

笑顔で頷くフレーヤに、風太も笑顔で答える。

「僕もフレーヤさんに負けないように頑張ります。本当にありがとうございました」

「いえ、フウタさん達は勇者ですし、すぐにわたしなんて追い抜きますよ。元の世界に戻れるといいですね」

「……はい！」

「それじゃ、行くとするぜ。元気でな」

エラトリア王国の主要人物に見送られながら、馬車をゆっくり町の外へ向かわせる。

ふと後ろを振り返ると、まだフレーヤが手を振っていた。

十分に離れたところで、俺はため息を吐く。

「ふう」

「お疲れ様です、リクさん。しばらく私達だけで旅になりますね」

「ああ、ありがとう水樹ちゃん。本格的に異世界で活動することになるから大変だけどな」

「大丈夫よ、なんかあっても今度こそ対抗して見せるわ！　……フレーヤはリクのことを慕《した》っていたみたいだから、すぐに戻れないのはちょっと可哀想《かわいそう》だけど」

「僕も強くならないと……」

なんて話をする夏那と風太に苦笑する。俺も最初はそうだったな、と。

さて、ここからが本番だ。前の世界みたいに転移魔法で戻れる拠点もなく、解答があるのかも分からない旅が始まる。

魔王はどうするべきか、元の世界へ戻る方法はあるのか？　調べることが山ほどあるから頭が痛くなるぜ。

そんなことを考えながら、束の間の平和を手に入れたエラトリア国を後にするのだった――

◆　◇　◆

――Side：フレーヤ――


「行っちゃいましたね……」

「よかったのかい、フレーヤ。彼のこと、好きだったんじゃないか？」

ニムロス隊長にそう言われてわたしはドキッとする。

「そう、かもしれません」

確かにリクさんは物凄く頼りになった。ぶっきらぼうだけど、優しい性格をしていると思う。

だけど――

「あの人はわたしのこと、全然見ていなかったですからね。なにより、ここで引き止めるには惜しい人です。もしかしたら魔王を倒せるのはリクさんなのかもしれません。それに……」

「それに？」

――わたしが繋ぎとめることは難しいのではないかと思う。

違う女の人を見ているとかじゃなくて、もっと大きな……重苦しいなにかを抱えている……そんな気がする。

わたしがそれを解消できればと思うけど……

「わたしはこの国の騎士ですからね！　みんなを守るのが騎士たる使命ですよ隊長‼」

「そうか。なら、彼と再会した時、胸を張れるよう頑張らないとね」

ここでわたしは頑張ります。リクさん、お元気で！

もし、また会えたらその時は――

「……ううん、多分それはないかな」

わたしは頭を振って、もう一度だけリクさん達が走っていった道を見つめるのだった。

第二章　ボルタニア国

　エラトリアの王都を出てから東へ向かい、途中にある町で一泊した後に、ロカリス国側とは違う国境を抜ける。

「お話は聞いております。魔族の撃退、ありがとうございました。どうかお気をつけて」

「おう、あんた達も元気でやってくれ」

　エラトリアの門番にはすでに話が回っていたようで、ここでも感謝されたが、礼は耳にタコができるほど聞いている。なので社交辞令《しゃこうじれい》を返して椅子に背を預け、頭の後ろで手を組む。

　すると隣で御者をしている水樹ちゃんが俺を見て苦笑していた。

「ふふ、私達にはこっちの世界の人と関わるなって言いますけど、リクさんって面倒見がいいから一番関わっている気がしますね」

　それに対して風太が荷台から顔を出して同意する。

「確かにそうだね。まあ、おかげで僕達もロカリスで魔族の言いなりにならなくて済んだんだけど」

「矢面に立つ人間がそうなるのは仕方ねえからな。これは社会に出ても同じことだから覚えとけよ？　平社員の営業とか大変なんだぜ」

「学校だと、生徒会長とかがそうなるのかしら？」

夏那が微妙に的外れなことを口にするのが聞こえて、俺は肩を竦めて目を瞑《つむ》る。

似たようなものだが、あれは学校や他生徒のために無償《むしょう》で活動している。一方で会社で働くということはおおむね自分の生活のためだ。給料という報酬がかかっているから、責任の種類がちと違う。

それを説明した。

「あー、それは確かに言われると分かるかも」

『なんていうか、課長とか部長みたいなカンリショクは取引先を接待するから、顔を向こうに知られているみたいな？』

「うんうん」

説明に対して夏那が納得したような声を上げ、リーチェがさらにとんちんかんなことを語るのが面白かった。

リーチェが言う接待というのは、自分から顔を覚えてもらうために行うことだ。だが、現場で動いている人間は、嫌でも相手に関わることになる。だから矢面に立つ奴は苦労が絶えないって話なので、リーチェが適当な知識で言っているのが丸分かりである。

「ならリクさんはこの場合社長……？」

そして風太がそんなふざけたことを言い出した。あとでお仕置きだな。

さて、国境を越えたが、エピカリスから貰った地図を見る限り、ここからはどの国の占有地でもない。そのため、手入れが行き届いておらず危険が伴《ともな》う場所のようだ。さらに町などもないからボルタニア国へ入るまでは魔物と野盗に注意しながら進む必要がある。

「なんで国が管理していないんですかね？」

そんな疑問を口にする風太に、俺は周りを警戒しながら答える。

「あまり領地を広げすぎると結構困ったことが起きるからだな。ロカリスとエラトリアみたいに国境を越えたらすぐ別の国っていうのは俺達の世界でもよくあるが、異世界では戦争なんかもあり得る。その時、お互いの領地が近いと一般人が巻き込まれる可能性が高いから、中立地帯があったりするんだ」

加えて実は徐々に領地が拡大しているパターンや、逆に領地を広げすぎて地域運営ができないパターンがあることなんかも話す。

特に後者は開拓《かいたく》資金がなくて村のまま発展できなかったり、目が届かなくなって盗賊が山に根城を作って旅人を襲い、国の責任になったり……なんてことも少なくない。だからこういう、どの国でもない場所ができるってわけだな。

「ホント、よく知ってるわね」

「俺の話は別世界の話だし、ここでも当てはまるかは分からねえけどな」

「でも納得はできますよ。前がどういう世界だったのか聞きたいくらいです」

「あ、私も聞きたい！」

風太がつまらねえことに興味を持ち始めたのでどうしようかと思っていると——

「おっと、魔物さんのお出ましだ。風太、水樹ちゃんのフォローに入れ。迎撃《げいげき》に入るぜ」

――そう言った瞬間、大きなカマキリ型の魔物三体が茂《しげ》みから躍《おど》り出て馬を狙ってくる。

「は、はい！」

カマキリというのは肉食なので、馬みたいな動物は格好の餌《えさ》ってところだな。

この魔物はエラトリアでハリヤーを狙ってきたことがあり、一度倒しているので、どの程度の強さかも分かっている。

すかさず風魔法である、〈烈風《スラッシャー》〉を放ち、こちらに近い二体の首を刎《は》ねた。もう一体と思ったところで、少し出遅れていたカマキリの腕が燃える。

「よし、命中！」

「お、やるな夏那ちゃん。でも、その一撃だけで喜んでいたらダメだぜ」

「ふえ!? ハ、ハリソン避《よ》けてー！」

燃えながらも鋭い鎌《かま》を構えて前進してくるカマキリに、びっくりする夏那。

狙いはハリソンだが、こいつも〈烈風《スラッシャー》〉で首を刎ねて一蹴《いっしゅう》すると、夏那が申し訳なさそうに言う。

「ご、ごめんなさい、余計なことしちゃった……」

「まあ気にすんな。ずっと俺が魔物を倒してきたし、自分の力を試したいというのは分からんでもねえ。ただ、相手の息の根が止まるのを確認するまで攻撃の手を緩めちゃいけねえぜ？　そこに転がっていた首はハリソンだったかも、だからな」

「うう……」

「基本的に戦闘は俺がやるから、大人しくしてりゃいい」

落ち込む夏那の頭に手を置いてそう言ってやると彼女は小さく頷き、もう一回謝罪を口にした。

別に怒っちゃいねえが、ストレス発散はさせた方がいいかね？

いずれ考えるかと思いつつ先へ進むと、今日の野営地として手ごろな、岩壁を背にできる場所を発見した。そこでストップしてキャンプの準備を始める俺達。

まだ十五時くらいなので少々早いが、この辺は無法地帯なので暗くなってから準備するよりいいだろうという判断だ。

収納魔法からテントなどの道具一式を取り出して、少し離れた場所に簡易トイレを作る。まず四本の棒を立てて一メートルくらいの穴を掘る。次に掘り返した土を〈変貌《アナザー》〉という物を変化させる魔法で洋式便器の形に整える。あとは布切れでも敷いて座れば完璧だ。

「ふう、我ながら完璧な出来だぜ。夏那ちゃん、いつでも使えるぜ！」

「で、でかい声で言うんじゃないわよ!?　でも使わせてもらうわね……」

俺と入れ替わりにトイレへ入っていく夏那に苦笑しながら、火を熾《おこ》そうとしている風太達のところへ戻る。ちなみにトイレには結界を張っているので、襲撃されても安心な設計なんだぜ？

「水樹ちゃんはハリソン達に水と餌をやってくれ。風太、いけそうか？」

「はい！　僕も夏那ほどじゃないですけど火の魔法は使えますし」

「枯れ木を使えよ？　……って、遅かったか」

「うえ!?　げほ……げぇほ!?」

俺が言うより早く、生木に火をつけたようで酷い煙が立ち込めた。それをモロに被った風太が咳《せ》き込む。

ストレス発散になるかと任せてみたが、もっと知識を叩き込まねえとダメだなこりゃ。

昔の俺を見ているようでなんとなく懐かしさを覚えながら、一日が終わる。

そして翌日の昼過ぎ。俺達は地図にある渓谷《けいこく》へと足を踏み入れた。

「これは……」

「ふわぁ……綺麗ですね」

「そういえばエピカリスが『クリスタリオンの谷』とか言ってたな」

その場所は、水樹ちゃんが思わず声を漏らしたように美しい場所だった。

岩肌から赤紫の水晶のようなものが突き出ていて、それが太陽に照らされて光っているのだ。周囲には草木はあまり生えておらず、荒野と言っていいほど荒れ果てた大地が広がっていた。

……確かにキレイだが、逆にこの美しさは怖い気もする。

「とりあえずさっさと抜けた方が良さそうだな、夏那ちゃん、その赤紫の石には触るなよ」

「だ、ダメ？」

今日の御者は夏那だが、手綱から片手を放して水晶に触ろうとしたので俺がその手を引っ込めさせ、注意を促す。

「ああ。似たようなものを別世界で見たことがある。下手に触れると魔力を吸われるんじゃねえかな？」

「魔力を？」

聞き返してきた風太に、魔力切れで倒れたところを魔物に食われた冒険者がいるという話をした。

すると風太は青い顔で夏那に『触るな』と忠告していた。

うっかり触れると、一気に貧血を起こしたみたいに倒れるナチュラルトラップというやつだ。仲間が居なければあっという間に魔物の餌になってしまう。

「リクさん！」

すると突然、水樹ちゃんの声が響いた。荒野にはピッタリというべきか、巨大なサソリ型の魔物が後方から迫ってきていたのを見つけてくれたのだ。

「おう、魔物か。夏那、ハリソン達を走らせろ、後方から迎撃する」

「オッケー……！　前は頼むわよ、風太！」

「うん！」

水樹ちゃんが弓矢で牽制《けんせい》しようとしてくれたが、俺はそれを制して〈氷刃《アイシクルダガー》〉を適当に放ち絶命させる。

「さ、さすが……」

遠ざかっていくサソリの死体を横目に、水樹ちゃんが拍手をしながら小さく呟いていた。

その後もでかい蛾《が》や火を吐く芋虫なんかも出てきたが、俺には物足りない相手なので一蹴しながら、谷を突き進む。

しかしやたらと広い谷は道も曲がりくねっており、中々ハードな場所だと俺は舌打ちをしていた。

一日で抜けられるかと思ったが——

「天然の迷路みたいになっているな。立て看板でも作らねえと普通に迷うぞこれは……」

「はは、リクさんでも困ることがあるんですね」

「戦闘とか考え方は前の世界の経験が通用するけど、地形はさすがになあ」

『わたしが空から見てもいいけど』

「明日はそれも検討するかねえ……」

――結局抜け出すことができず、谷の中でキャンプをすることになっちまった。

んで、今日こそは町に行けるかと楽しみにしていた夏那が壊れた。

「うーん、この水晶があちこちにあるとちょっと怖いわね……。ていうかずっとキャンプ続きだから気持ち悪い！　お風呂入りたい！」

「ちょ、ちょっと夏那ちゃん……」

国境を抜けてから今日で四日。最初は林間学校みたいだとか言っていたものの、風呂なし、着替えと洗濯ができない状態に限界を迎えたようだ。水樹ちゃんも少しやつれている気がする。

「とりあえず〈ピュリファイケーション〉だっけか？　あれで小綺麗にしとけばいいだろ」

「それはそうだけど……疲れはお風呂で癒したいじゃない？」

夏那の言う通りではあるが、異世界の旅が思い通りに進むことはほとんどねえからな。その辺を説明すると、夏那は口を尖らせてから渋々納得して荷台で横になった。

「それじゃ僕もそろそろ寝ます。……リクさんは大丈夫ですか？　いつもあまり寝てないような……」

「気にすんな。こういうことも慣れてっからな」

俺は笑いながら、立ち上がった風太のケツを叩いてやり、ハリソンとソアラが眠るテントへと促す。

一時間くらい寝ればなんとかなる身体なので、前の異世界と、就職した会社には悪い意味で感謝しかないね。

「明日はリーチェを使って少し先を急ぐか」

俺はさっきの夏那の剣幕《けんまく》を思い出して笑い、そこから二時間ほど警戒に当たる。

そろそろ寝るかと背伸びをした瞬間、ふと殺気を感じて立ち上がる。

「こりゃ……まずいか？」

蹴散らせば問題ないが気配はかなり多く、ざっと五十ほど居るな？　俺一人でいけるが、数の暴力で来られると面倒臭い。寝ている三人には悪いが、迎え撃つのは得策じゃねえ。

「起きろ風太、移動するぞ」

「ふあ……え？　なんです……って、この気配、一体……？」

「お、分かるか？　姿が見えないから不明だが、野盗か魔物が距離を詰めてきている。夏那と水樹ちゃんを起こしてくれるか？　その間にハリソン達を繋いでテントを片付ける」

俺がそう言うと、風太はすぐに剣を腰に提《さ》げて早く荷台へ。

こういう時、素直に指示を聞いて動くので評価できる。戦う気かもしれねえが、今回ばかりは相手が悪いな。

昆虫系や下級の魔物は気配をあまり出さない。しかし、強力な、例えば熊や虎《とら》みたいな魔物や人型の魔物は敵意という気配を出す。

となると、今から遭遇する敵と三人を戦わせるわけにはいかねえ。

俺は素早くハリソン達を起こして荷台に繋げ、テントはさっさと収納魔法の中へ叩き込んでおく。

荷物はほとんど荷台なのでこのまま出発ができる。

「行くぞ、ハリソン、ソアラ！」

『な、なんなのよー!?』

夏那達と寝ていたリーチェが起きて、俺の頭にしがみついてくる。

次の瞬間、崖の上から奇声を発しながら降りてくる集団を見て目を丸くする。

『げっ!?　あれってゴブリンじゃない？』

「みてえだな。立ちはだかる奴だけ倒す、リーチェは後方からの攻撃を魔法でガードしてくれ」

『承知したわ！』

「きゃあ!?　なに、なにが起こってるのよ!?」

「め、眼鏡《めがね》……」

出発した振動と風太の声掛けで二人の目がようやく覚めたらしく、荷台が喧騒《けんそう》に包まれた。

さて、急いで出発したのはいいが、崖なんかがあって暗闇を走るのは速度は出しにくい。ただ、ゴブリン共は徒歩なので必要最小限の数を蹴散らしておけば逃げ切れるだろう。

だが、少し進んだところで風太が御者台に顔を出し、前方に指を向けて叫び出す。

「リクさん、前……！　あ、あれって……」

「チッ、スケルトンか。アンデッドも出てくるとは運がねえな」

「が、ガイコツが動いてる!?　うーん……」

「骨格標本みたい……」

魔法で出した灯りにぼんやりと浮かび上がったシルエットは武装したスケルトンだった。剣や槍、槌を持った不死の軍団が待ち構えていて、夏那がそれを見て気絶した。ホラーは苦手か？　水樹ちゃんの方が冷静だな。

そしてそのスケルトン達も数十体居る気配がする。

さて、前の世界では頭を完全に叩き潰せば動かなくなったが、こっちはどうだろうな？

火や水と言った魔法はそれほど効果がなく、鈍器などで直接ぶっ叩くのが一番効く。土魔法の石をぶつけるとかな。

各個撃破になるのでやりにくい相手だが、後方のゴブリンに追いつかれないためにもなんとかするしかねえ。俺は魔法を撃つため手を前に出す。

しかし、次の瞬間、俺は信じられないものを見る。

「道を……開けただと……!?」

「……」

スケルトン達は、馬車が通れるようスッと避けたのだ。挟み撃ちにしてくるかと思ったが、こいつらはそのまま俺達を追ってくるゴブリン達に向かっていく。

「なに？　仲間割れってやつですか？」

それを見た風太が首を傾げる。

『どっちでもいいわ、やりあっている今のうちに逃げるわよ！』

「ちげぇねえ！」

渡りに船とはこのことかと、リーチェの言う通り俺達はさっさとこの場を移動し、事なきを得ることができた。

◆◇◆

『大丈夫、魔物の姿はないわ』

――ゴブリンとスケルトンにご対面してから半日。俺達は交代しながら仮眠を取りつつ、先を急いでいた。が、なかなか谷の出口が見えない。

この地域を領地にしない理由は、この複雑な地形と赤紫の水晶だろう。

ちなみに水晶が魔力を吸うというのはビンゴだったようで、水晶へ火魔法の〈火式《ファイア》〉を放ったところ簡単に吸収された。ここ一帯を開拓するには費用もだが、なにより工事が大変そうだ。

それにしても異世界ってみんな似たようなもんなのかね？　知識が使えるのは助かるけど。

そこで水樹ちゃんが疲れた声で口を開く。

「あ、も、森が見えます！　あれが出口じゃないですか？」

「よ、よかった……これで町に行けますね……」

ま、それはともかく俺達はようやく谷の出口に到着したようだ。魔物も多く、追われているという緊張感もあったので風太も結構やつれていた。

『カナ……よかったわね』

「うう……虫が……サソリが……」

この行軍は夏那にはきつかったようだ。特にスケルトンを見た後から調子が悪く、荷台でマントにくるまってグロッキー状態だった。

城での生活は異世界でもまともな方……いや、かなりいい暮らしだったから、こうやって旅に出れば日本の高校生には異世界生活はやはり過酷《かこく》なのである。

「ごめん……」

「ま、俺も最初はそうだったさ。旅は少しずつ慣れればいいと思うぜ？　これから嫌でも移動することになるんだからな。水樹ちゃん、夏那の頭を濡《ぬ》れたタオルで冷やしてやってくれや」

「はい！」

「それにしても怖いところだったなあ……。ゴブリンはゲームじゃ弱いイメージだけど、実物は恐ろしいですね」

風太がそんな感想を述べるので、俺は少し補足を述べる。

「まあ、小鬼って言われるくらいだからな。特に集団で襲ってくるのがやべえんだ。ちなみにスライムも、俺が居た異世界じゃかなり強力だったぜ？」

鉄くらいなら簡単に溶かすから、人間の皮膚《ひふ》や骨なんかはあっという間だ……なんて話をしながら静かな森を進み、抜けた先にあった町で休憩となった。

町の門番に夏那達の体調を心配されたが、とりあえず『大丈夫だ』と返して、町へ入り宿に向かう。

「すまない、四人泊まれるか？」

「いらっしゃい。もちろん歓迎するよ。馬車があるなら、まずは裏の厩舎に止めてから来てくれ」

宿の主に話をすると、チェックインの前に馬を休ませるように言われた。

「二日はここに滞在するつもりだ、お互いゆっくりしようぜ」

なのでハリソンとソアラを宿に併設されていた厩舎へ連れて行き、首を撫でて労《ねぎら》ってやる。すると、『大変でしたね』といった感じで二頭が鳴き、藁《わら》の上に寝そべった。

ちゃんと休む時は休む精神を持っているのはいいことである。

次は三人を休ませるべく、チェックインして全員で泊まれる大部屋を借りた。

男女で分かれてもいいんだが、疲弊している時に別々だと何かあった時にすぐに行動に移せないからこの形にしてもらった。一応、ベッドには目隠しカーテンっぽい仕切りがあるので着替えなんかに支障はない。

病院のベッドみたいだから落ち着かねえけど、三人はそれどころじゃないようで部屋に入った早々、ベッドに飛び込んだ。

「ああー、布団があるだけでも幸せ……」

「荷台に毛布だけだと体が痛いもんね。んー……あとでお風呂……いこ……」

『あら、先にミズキが寝ちゃった？』

「夏那より警戒している時間が長かったからね。リーチェ、悪いんだけど眼鏡を外してやってもらえるかい？」

『オッケー』

風太がそうお願いすると、リーチェが水樹ちゃんの眼鏡を外してテーブルの上に置く。

すると、夏那が枕の上に顎を乗せ、口を尖らせながら呟く。

「うー、ガイコツよガイコツ？　それが動いているんだから怖いっての」

「まあ僕もびっくりしたけどさ。……ふあ……」

「あふ……」

「おうおう、もらいあくびとは仲がいいな。俺が起きているから休んどけ、明後日にはまた旅だぞ」

「でもリクだって寝てないでしょ？　ついでだし一緒に寝たら？」

夏那がゴロゴロとベッドで転がりながらそう口にする。

その喋《しゃべ》り方に、俺はどこか懐かしさを覚える――

（ほーら、リクはすぐ無理をするんだから、今日は力ずくでも寝てもらうわよ……！）

（お前が寝たら寝るよ）

（リクが寝たら考えるわ！）

（本末転倒だろそれ……）

「……っ」

かつての異世界でのそんなやり取りが頭をよぎり、俺はそれを追い払うように頭を振った。

「どうかしました？　やっぱり疲れてるんじゃ……」

「そう、かもしれねえ。よーし、晩飯まで俺もいっちょ寝るかな！　夏那ちゃんの隣で」

「調子に乗るんじゃない！」

「はっはっは、冗談に決まってんだろ？　そんじゃおやすみ。リーチェ、なんかあったら起こしてくれよ」

夏那の投げた枕をひょいっと避けた俺は、笑いながら自分のベッドに寝転がって目を瞑る。

するとすぐに意識が途切れ、懐かしい映像が浮かんできた――

（勇者だって言っても気を張りすぎても仕方ないじゃない。あんたは一人でどこまでやるつもりなのよ？　仲間を頼りなさいって）

（だって、幹部クラスと戦える人間はそう多くないだろ？　クレスとロザはもう少しだけどさ）

（だからこそ、よ。みんなを死なせたくないなら協力するしか――）

「だけどよ！　……っと、夢か」

久しぶりにゆっくり寝たはずなのに、さっきの記憶のせいで夢見はよくなかった。

「おっと、腹の虫がうるせえな」

それはともかく、すっかり陽は暮れていて、町に着いてからかなりの時間が経っていた。腹の音で目が覚めたと言っても過言ではない。

「あ、起きた？」

「僕達も今、起きたところです」

「あふ……おはようございます……」

久しぶりにゆっくり寝たおかげか、全員それなりにさっぱりした顔になった。眠気はまだあるが、俺達は食事をするため宿から出て、散歩がてら店を探すことになった。

「もう二十一時を過ぎているのに賑《にぎ》やかねえ」

「冒険者ってやつはブラックな仕事だからなあ、むしろこれくらいの時間は日本だと退勤後の飲みの時間って感じだな」

「ふふ、ブラック企業って怖いですね」

スマホの時計を見ながら興味深げに笑う夏那と、ブラックな仕事に苦笑する水樹ちゃん。

風太は数ある居酒屋のような店や、オープンテラスにした屋台などを見ながら、『肉が食べたいなあ……』と漏らしていた。

「なら、あの店が焼肉屋みたいだし行くか」

「え⁉　ああ、いや、僕はなんでもいいですよ。夏那と水樹は食べたいものとかない？」

「いいじゃない焼肉。あたしはそれでいいわよ？」

「あ、わ、私も……お腹すいちゃって……」

「決まりだな。よっしゃ、食うぞー！　おっと、酒はダメだからな？」

俺の言葉に夏那が『こっちの世界の成人は十六歳だからいいじゃない』と口を尖らせたが、日本人としてそれはよくない。断固飲ませないように口を酸《す》っぱくして言い聞かせた。

あんだけグロッキーだったくせにギャルは立ち直りが早いな……。

ともかく、俺達は目星をつけた店に入り、テラスでの焼肉パーティーと相成《あいな》った。


「へい、お待ち！　焼肉セットね、それとフルーツジュース四つ」

「いただきまーす！」

「おいしい……！」

異世界のオープンテラスで焼肉を食べつつ、高校生達が舌鼓《したつづみ》を打っていると——

「おお、あんたら元気になったのか！　いいねえ、焼肉なんてよお」

町に入る時に検問していた門番の男が俺達に気づいて話しかけてきた。あの時は俺以外は死んだ目をしていて愛想《あいそ》笑いを浮かべていたからな。

「まあ、クリスタリオンの谷を抜けてきたんだからあんなになるよな。あそこは陽が出てる間に抜けねえとゴブリンやらスケルトンに襲われるって話だ」

「ああ、やっぱりそうなんですね」

門番の話に水樹ちゃんが納得する。

「まあスケルトンは夜にしか出ないみたいだから、被害に遭ったって話はあまり聞かねえな。ま、元気になったんならよかった」

「ありがとうございます」

水樹ちゃんが頭を下げてお礼を言うと、門番の男は『気にするな』と肩を竦めて立ち去っていく。

そういや、スケルトン達はなぜか道を開けてくれたよな？　魔物同士がやり合うのは珍しくねえが……そのために人間を襲わないというのは珍しい。

「リク、焼けたわよ」

「ん？　おお、夏那、悪ぃな」

「あんたに倒れられたら困るしね！　あ、もう一杯フルーツジュース！」

「やれやれ、すっかり元気だなあ」

焼肉をぺろりと平らげていく夏那に呆れる風太だが、あまり思いつめないくらいがちょうどいいのかもしれないな。

さて、緊張が続いていたしゆっくり飯を食うとしますか。

俺は肉を口に運びながら、町の感想を口にする。

「それにしても賑やかだな。この辺りって魔族の侵攻はないのかね」

「あー？　最近はあんまり見ないな。何年か前に、魔族に滅ぼされた村があるぐらいだぜ」

俺の呟きが聞こえていたようで、近くに居た酔っ払いの冒険者が返事をし、さらに続ける。

「ただ、町や村の外へ採集や狩りに行った冒険者や一般人が帰ってこないことがたまにある。ホント、たまにだけどよ」

「ふーん、それくらいなら珍しいことじゃねえな」

山菜やキノコの採集に狩り。そういった用事で魔物の出そうな場所に行けば行方不明になるのはあり得なくはねえ。

情報としてはまずまずかと思いながら、肉を口にしていると、夏那が背筋を震わせながら言う。

「人が消えるのは珍しくないのね……」

「そうだ。だからお前達も気をつけろよ。人さらいや盗賊だって危険だからな。それじゃ腹いっぱい食ったし宿に戻ろうぜ」

「「「はーい」」」

焼肉パーティーの後は再びぐっすりと眠った。

翌日は部屋から出ずに魔法の訓練をしながらゆっくり過ごすことで、体力と気力を回復させることができた。

長い旅に一番必要なのは気力と目的だ。

特に気力はあらゆる物事に関して必要になってくるから、休息は大事なんだよな。

美味いものを食う、寝る、女を抱く……人によって解消方法は違うが、ストレスを持たないことが大切だ。

そして準備を終えた俺達は、再びボルタニア国の王都へ向けて進み始める。

「ハリソン、張り切って次の町まで行ってよね！　野宿はなるべくしたくないから！」

「おい、飛ばしすぎるなよ？　こいつらがへばっても同じことだからな」

「はーい」

御者の夏那が急にスピードを上げたので片目を開けて注意すると、そんな生返事をされた。

キャンプがダメってわけじゃなさそうだが、できれば町で休みたいってところか。

ハリソン達は『大丈夫ですよ』って感じで鳴いて少しだけ速度を上げる。だが、それでも風太や水樹ちゃんが手綱を握るより速い。あんまり夏那を甘やかすなよ？

◆◇◆

町を出て八時間ほど経った頃、地図を見ながら風太が荷台から声をかけてきた。

「そろそろボルタニア王都ですね。書状を持って行っているんですから、協力的な姿勢を見せてくれるといいですけど」

「そうだな。手紙で俺達が異世界人というのは知られるが、魔族からの襲撃があったってことと、その経緯を伝えて警戒してくれって話をすりゃ、ロカリスとエラトリア二か国の敵に回ることはねえだろ」

「何気にリクってどっちの国も案じてるわよね？」

「世話になったからな。召喚したのはアキラスの野郎だったし、あいつらも被害者だ」

夏那の言葉を肯定し、再び目を瞑る。

「あ、また寝るの？」

寝ているって言われると微妙なところだが、こうやっているると集中しやすいのだ。考えもまとまるし、気配に敏感になるから、魔物の接近も気づきやすい。

俺達はさらに数時間ほど移動し、ついにボルタニア国の王都へと到着することができた。意地でもキャンプをしたくない夏那が勝ったか。

ま、夏那のキャンプ嫌いはおいおい強制的に治すとして、今日のところは一旦《いったん》宿へ向かおう。


「お風呂がちょっと残念だったけど、お布団が柔らかくて前の町よりいいかも」

「羽毛っぽいよね。リーチェちゃん、髪の毛を乾《かわ》かしてあげるよ」

『ありがとうミズキ。あれ？　フウタはまだ？』

「おう、帰ったか。あいつはまだ浸かってるぜ。明日は城で謁見だ、早く寝ろよ」

女の子同士で盛り上がり始めたので、一応、声をかけておいたが、ギリギリまで寝ないだろうな。

なので、風太が帰ってきたところで話をする。

「あれ？　リクさんなんか難しい顔をしてますけど、どうしました？」

「三人共聞いてくれ。ここまでは特に魔族の影はなかったが、もしも、ここも魔族に乗っ取られていたら、ロカリスの二の舞になることが予想される。だからここからは緊張感を持ってくれるか？俺が守り切るつもりだが、それこそ万が一ということもある」

「はい……！」

水樹ちゃんが神妙《しんみょう》そうに頷いた。

もちろん指一本触れさせるつもりはない。だが、甘やかすのと保護は違うので、こういう時にしっかり話をして気を引き締めておくことで、成長してもらいたいと思う。

「うーん」

そこで夏那が苦い顔をしながら、思い当たる節はあるといった風に言う。

「魔族は出てこないし、魔物はリクが簡単に倒しちゃうから浮かれていたかも」

「うん、本当は僕達もなにかしないといけないよね」

「いいって。先手を打って倒しているのは、お前達になるべく戦闘をしてほしくないという、俺の我儘《わがまま》だ。魔法の訓練やらをやっているのはいざって時に使えるようにしているだけさ」

別に休むなとかそういう話じゃねえし、町に着いて飯を食って布団で寝るのはむしろやるべきだと俺は思う。だが、戦闘以外の時は疑ってかかるくらいが丁度いいってことだな。明日向かう城なんかはいい例だ。

若干しょんぼりする三人だが、浮かれたまま『相手は味方だろう』という認識で向かうのと、警戒して臨《のぞ》むのとではかなり違う。

「まあ、魔族は俺達に気づいていないようだから大丈夫だとは思うが……」

「気になることでも？」

「ロカリスの時みてえに魔族の『ま』の字も話題に出てこないのが不思議だと思ってな。あの二国だけが攻められていたってことは考えにくいだろ？」

「そういえば確かに。前の町は結構平和そうでしたよね」

「表向きは、ってことも考えられるよね」

風太と水樹ちゃんの言葉に頷く俺。

そう、さっきまでの風太達と同じくらい、町の人間に悲愴感《ひそうかん》や緊張感がないのが気になった。王都も宿に来るまでざっと見た感じ、それらしい気配は今のところなさそうだ。

書状を持って行って、探りを入れるつもりだけどな。

「どれくらいの規模で魔族が暗躍しているのかが分かるといいんですけどね。僕達も気を引き締めないと」

「いざって時は頼むぜ、風太。さ、寝るぞ」

「はい！　明日は謁見……周りをよく観察しないとね」

「そうね。エピカリスさんみたいなのが居るかもしれないし――」

『とりあえず怪しい奴を見たら引っぱたいておく？』

夏那と水樹ちゃんそれにリーチェが布団に潜り込んでなにやら話し込んでいた。

とりあえず寝てほしいが自分で考えることはいいことだ。苦笑しながら俺も布団へ潜り込む。

……しかし、こうまで出てこないものか？　この世界に魔族が現れてから五十年も経っているのだから、もう少し混沌《こんとん》としていてもよさそうなものなんだが。

「……魔王、か」

目を瞑るとまぶたの裏には、前の世界で戦った最後の相手の姿が今でも焼き付いている。

そもそも、俺が召喚されたのはあいつを倒すためだったし、あちこちで戦火が上がっていて本当に最後の手段として呼ばれた。

最終的に倒した……はずだが、完全な最期《さいご》を見届ける前に日本に帰ったからそれは定かじゃない。

リーチェもそこははっきりと覚えていないようで、魔王が居なくなったのは間違いないが、死んだか姿をくらましたかを調べる前に、俺との繋がりが消えたリーチェは消滅した、ってことらしい。

それで、この世界の魔族についてだが……おそらくこっちの魔族にとっても五十年はそれほど長い時間じゃねえだろうから、侵攻のための準備をまだしていると考えるべきか？

まずはボルタニアへ書状を渡して迎撃準備をしてもらい、その後各国に伝達してもらうのがいいか。

前の世界はタカをくくっていた国から滅んでいった。勝てない相手じゃなかったはずだけど、油断すりゃ内部からやられる。

さて、ボルタニア国の王は二国の件を受けてどう考えるかね？

◆◇◆

——翌日。

俺達一行は予定通りボルタニアの城へ足を運んでいた。

馬車は一旦宿の厩舎に置いて、徒歩での移動だ。いざって時に馬車が邪魔になることがあるからだ。

さて、もう少し町並みを見ておくかと俺は視線を周囲へ向けてみるが、やはり緊迫感はないと感じる。

一方で、俺が口を酸っぱくして言ったせいか、後をついてくる三人は、少し警戒していた。

「……怪しい感じはしないわね。といってもロカリスじゃ町に出てないから前の町としか比較できないんだけど」

「王都だけあって広いくらいかな？　水樹はどう思う？」

「それにしては兵士さんが多くないし、やっぱり平和なのかな？」

こいつらも視線だけで周囲の状況を確認しながら小声で話しつつ歩いている。

影響を受けやすい高校生って感じだが、習慣づけときゃいつか身になる。

で、この町についてはだいたい水樹ちゃんの意見と同じで、魔族の襲撃はないか、少ないってところだな。

実際、ここから魔王の居る南の島まで結構な距離があると聞いている。

ロカリスとエラトリアはここからやや北西にあって、アキラスがロカリス国を最初に掌握しようとした理由もなんとなく分かる。

俺の見立てでは、北から南へ塗り潰すように魔族の領地を増やそうとしたんじゃないかと思う。

「だからロカリスから南へ向かって支配を進めるため、まずはエラトリアを潰そうとした」

「なるほど……」

そんな推測をしながら風太達と坂道を登っていき、やがて城門へと到着する。

とりあえず門番に挨拶をするかと、俺が前に出て、営業スマイルで声をかけた。

「すみません、国王陛下に会いたいのですが、お取り次ぎいただけないでしょうか？」

「ぷふ」

俺の営業用の笑顔と声色に笑った夏那には、あとでリーチェをけしかけてやろう。

笑顔のまま待っていると、三人いる門番の内、一人が応対のため一歩前へ出ていた。

「冒険者か？　城に何の用だ？」

「私はリクと申します。旅の者ですが、依頼でロカリス国とエラトリア王国から書状を預かっていましてね。至急届けたいのですが」

シーリングワックスで封蝋《ふうろう》された書状を懐から取り出して見せる。

蝋を固める際、家紋《かもん》などを押し付けて封をするため、『本物』である証明になりやすい。

特にこの世界には魔法が存在し、本物であることを裏付けることもできるから、奪ったか拾ったってことを疑われることがない限り、大抵言い分が通る。

あとは、こいつを開けると封蝋が崩れるため、開いていない証明にもなる。元に戻すのはほぼ不可能だしな。

そんなことを考えていると門番が三人共寄ってきて、封がされている部分を確認した。そして一人が口を開く。

「……本物のようだ。しかしなぜお前達のような若い冒険者に託《たく》すのかが分からん」

「そのあたりは謁見で。『勇者』と『魔族』についてと言えば、少しは聞く気になりませんかね？」

「一体何が……」

俺が勇者という言葉を口にすると、その門番はさらに困惑する。

やはり簡単に信じちゃくれないか。俺はもう少し譲歩《じょうほ》してみることにした。

「ああ、疑うのであれば、騎士達を総動員して捕まえてもらっても構いませんよ。私達はやましいことなんてありませんし、武器を預けてもいいです。はい、これ」

「逆に怪しいぞ。まあいい、ここで追い返したとあとで知られたら俺達の首が飛ぶ。おい、知らせてこい」

訝しむも手紙の存在は無視できないため、顎で使われた門番の一人がすぐに城へ走っていく。

そこで夏那が小声で話しかけてきた。

「いつものでかい態度はどうしたのよ。痛っ」

まだまだ子供だなと、デコピンを一発喰らわせてやる。

「漫画やアニメみたいにはいかねえっての。尊大な態度や威圧的に命令口調で接されたら誰だっていい気はしねえだろ？」

状況に応じて変えるのだと、ロカリスでの態度や、初めてエラトリアのゼーンズ王と謁見した時にはあえて煽《あお》った話をする。

「そうですね……エピカリス様の時も最初は下手《したて》に出ていましたもんね、リクさん」

「ああ。多分、裏表がねえ風太の方が適任だと思うぜ？　俺は性格が悪いからこうやって演技をしねえと、な？」

「はは、いつかお役に立てるといいですけど」

風太が苦笑しながらそう言っていると、門番が騎士達を引き連れて戻ってくるのが見えた。

そこから話はさっさと進み、武器を騎士達に預けると、すぐに謁見の間へ案内された。

中へ入ったら、玉座に座る神経質そうな男が睨《にら》むようにこちらへ目を向けてくる。

……いや、生まれつき陰気な顔ってだけか？

隣の椅子に座っている女性は王妃だろうか？　国王に比べてこっちは優しそうな雰囲気があるな。

「お連れしました」

「ご苦労。お前達が使者か？　随分と若いな。私はボルタニア国を治める、ヴェロンという」

「私はリクと申します。以後、お見知りおきを」

連れてきた騎士が扉の前まで下がると、国王であるヴェロンが名乗った。俺は頭を下げ、風太や夏那達もそれに倣《なら》い自己紹介をし、そのまま続きの言葉を待つ。

「頭を上げていい。それで、書状を見せてもらえるか？」

「こちらです」

俺が取り出すと大臣のような男がこちらへ来て、お盆《ぼん》のようなものを差し出してきた。

俺がそれに手紙を載せると、男はそれをヴェロン王の下へ持って行った。そしてヴェロン王は神経質そうな見た目に違《たが》わず丁寧《ていねい》に封蝋を開けて、ロカリスからの手紙に目を通す。

そこで彼は細い目を見開き、冷や汗を一筋流す。

震える手でもう一通のエラトリアからの手紙を開くと、首を振りながらため息を吐《つ》いて隣の女性に手紙を渡した。

「リクと言ったか。……この話は本当、なのか？」

「残念ながら。私はだいたい書いている内容を知っていますが、両国は魔族による策略で大ダメージを受けることになりました。魔族は倒すことができましたが、傷は深いかと」

「むう……信じがたい。が、この書状は本物。嘘を吐いているとも思えん」

渋い顔で呻《うめ》くヴェロン王の様子は……演技ではなさそうだな。となると、ここで聞いておくべきか。俺はヴェロン王に尋ねる。

「失礼を承知でお伺いします。この国が魔族に襲撃されたことは？」

俺がそう質問すると、ヴェロン王は少し間を取ってから答える。

「……ボルタニアは過去に数度あったな。ただ、ここは魔王の島から遠いのでその程度で済んでいるのだろう。グランシア神聖国や、さらに南にある国はもっと激しいと聞く」

「やっぱりそうなんですね……となるとアキラスの単独行動って感じでしょうか、リクさん」

ヴェロン王の返事に、風太が俺にそんなことを言ってくる。

こいつも色々気になっていたことについて確証を得たようだ。俺は振り返らずに頷くと、ヴェロン王が話を続ける。

「それでリクよ、手紙ではそなたが事態の解決を図ったと両国の王が書いているが、そなたが『勇者』ということか」

「私は違います。後ろの三人が勇者で、私はブレーンってやつですよ」

「ふむ？　とりあえずもっと話を聞かせてもらおうか。手紙以外のこともあるのだろう？」

「あの二国に関することなら止められていませんので問題ありません。これがあると早いかもしれませんよ」

俺がグラスを傾ける仕草をすると、目を丸くした後、ヴェロン王がフッと笑いながら肩を竦めて指を鳴らす。

――正体については色々考えたが、書状には俺達が勇者だと記載されているだろうということを考慮して、水樹ちゃんを含む『俺以外』を勇者として説明することに決めた。

こうなると連鎖的に王族と繋がりを作っていくのがよくもあり悪くもありって感じだな。

ま、折角だし飯と酒にありつかせてもらいながら話をしますかね。

第三章　国王陛下からの依頼

ヴェロン王とは昼食時に話をしようということになり、俺達は一旦適当な部屋に通された。

まだ数時間あるため、高校生達とこのあとどう立ち回るかの確認をすることにした。

「で、どうするべきだと思う、風太？」

「まず、食事はすぐに口をつけない、というところからですね。僕達は黙って聞いておくのが正解だと思います」

「それでいいぞ。このまますぐにグランシア神聖国へ向かってもいいんだが、魔族についての情報は聞いておきたいしな」

「ヴェロン王にはエピカリスさんの時みたいに、魔族に憑かれてそうな感じはあるの？」

夏那がベッドに腰かけながら口を開く。が、俺はそれに対して首を横に振る。

まだ会話が少ないので絶対とは言い切れないが、初めて話をした時のエピカリスのようにおかしな言動はないので大丈夫だとは思う。

「というか……私まで勇者って紹介しませんでした？　だったらリクさんもそうだと思うんですけど」

「水樹ちゃんは魔法を使えるし弓の腕もいい。アキラスがなにを勘違いしたか分からねえが、おそらく勇者としての素質アリってやつだ。それに対して、俺は『この世界』の勇者じゃねえからな」

「そういうもんなの？」

俺の説明に、夏那が首を傾げる。

『三人が召喚された時の状況を考えると、リクはたまたま魔力の波長が合って巻き込まれたんじゃないかと思うわ。でも、ミズキは素質がある。だからミズキも一緒に勇者として紹介してしまう……って感じ？　アキラスが二人のことを勇者と言っていたけど、とりあえず異世界から喚ばれた、イコール勇者って考えてもらうってことね』

リーチェの言う通り、俺は喚ばれたのではなく巻き込まれただけなので、多分この世界を救うとすればこの三人になるはずだ。

前の世界で培《つちか》った力はある程度戻ってきているので、三人と一緒に黒幕を倒そうと思えば倒せるかもしれない。が、それは最終手段でいいだろう。

「話が逸《そ》れたな。基本的な会話は俺がやる。ここじゃ大した情報は手に入らないと思うからまあ、適当に応答をする形だな」

各国の書状では勇者と魔族について書かれていたはずだが、反応は魔族の方に集中していたな。

「なんか嫌な雰囲気がする王様だったけどどうかしら。王妃様はキレイだったけど」

「話が分かる人だといいけどね」

風太がそう締めくくり、俺は違いないと肩を竦めて椅子にもたれかかる。

そんな推測と現状の確認をしながら、俺達は各々の動きを決める。その後は適当に時間を潰して、会食へ臨んだ。

◆　◇　◆

さて、会食は特に緊張感もなく粛々《しゅくしゅく》と進んでいた。

「――それでエピカリス嬢の中に居た魔族を倒した、と」

「そういうことですね、ヴェロン王。まさかこっちへ召喚した張本人が魔族とは思いませんでしたよ。それでこの国の魔族が現れる頻度《ひんど》など、なにか情報はありませんか？」

食事になにかを盛られた形跡もなく、美味い食事と軽い酒を飲み、ヴェロン王との会話を進める。手紙になかった部分を説明しながら、いよいよ核心部分に迫ることに。

「……魔族の侵攻がないわけではないが、そこまで大規模な計略は受けていない。レッサーデビルと呼ばれる下級魔族がたまに、王都外にある村や比較的小さな町を襲っているがな」

焼肉を食べた町で聞いたのとは少し違い、魔族の襲撃は実際あるようだ。

王都を攻めずに周りから……という作戦を立てた魔族が居るのかもしれないな。

アキラスのような幹部クラスが居るかどうかが焦点《しょうてん》だが、ヴェロン王や王妃はこの国では大掛かりな攻撃はないと口を揃えていた。

だから魔族に取り憑かれて国を引っ掻き回されたロカリスと、大規模な襲撃を受けたというエラトリアからの報告はヴェロン王にとって、相当ショックだったとのこと。

「もっと気を引き締めねばならん、ということだな。国同士が協力することが肝心だ、こちらからも両国へ使者を出そう。貴重な情報をありがとう、リク殿」

「賢明かと思います。いやあ、美味い酒ですな！」

「我が国で作っている物だが口に合ってよかった。勇者達はいいのか？」

「僕達は成人していませんので、お気持ちだけいただいておきます」

「こちらのジュースも美味しいです！」

水樹ちゃんが笑顔でそう言うと、ヴェロン王は陰気な顔のまま口元だけ緩める。見た目はアレだが悪い人物ではないらしい。

しばらく食事に舌鼓を打っていると、不意に俺の顔を見ながら、ヴェロン王が口を開く。

「……不躾《ぶしつけ》なことを承知で、君達に頼みたいことがある」

そこでヴェロン王が真剣な顔で息を吐くと、そんなことを言い出す。

瞬間、場の空気が変わったせいか、夏那も緊張した面持ちで聞き返す。

「頼みたいこと、ですか？」

「ああ。エラトリアから来たということはクリスタリオンの谷を通ったと思う。あそこについてだ」

「あそこはどこの国も管理していないと聞いていますが？」

俺も慎重に質問を投げかける。

「その通り。しかし管理されていないとはいえ、エラトリアと行き来するにはあそこを通る必要があるだろう？」

ヴェロン王は『通行ルートがそこしかないにもかかわらず、長いことゴブリンが巣食っていて、通行に不安が残る』と言う。

討伐隊《とうばつたい》を出しても、狡猾《こうかつ》なゴブリンらは出てくることがなく、徒労《とろう》に終わるばかりで手をこまねいているとのこと。

エラトリアはアキラス襲撃と国内に魔物が増えたことが影響して、クリスタリオンの谷まで気を回す余裕がなかったのだろう。ま、領地ではないからそんなもんだと思う。

だが、書状の内容を鑑《かんが》みて、今こそ移動しやすい状況を作っておくべきだと判断したとのこと。

ならどうして俺達にその話を？　と四人で目配せをしながら考えていると、ヴェロン王は続きを話しだした。

「夜に四人でいたところを襲われたのだろう？　だからもう一度赴《おもむ》いてもらい駆除《くじょ》をしてほしい。魔族の幹部を倒せるのだ、本気でかかれば倒しきれるのではないか？」

「陛下、彼らに頼らずとも我々が……！」

食事中の警護で横に立っていた騎士が声を上げる。しかしヴェロン王は首を横に振りながら口を開く。

「お前達の力が弱いとは言わないが、魔族の幹部を一人で倒せるリク殿には及ぶまい。それに人数が少ないから油断してゴブリンも出てくるわけだしな」

「むう……」

騎士は俺を睨むが、反論する余地がないので呻くだけで終わる。

確かに国交をスムーズにしたいなら、ゴブリン達を駆除しておくべきではあるか。

集団を蹴散らせば別の場所へ移動するか散り散りになるので、その隙に両国の部隊を展開して居つかなくなるようにすればいい。

……別に受けなくてもいい依頼だが、ここは恩を売っておくか。対魔族に集中してもらえるし、なんなら今後の援護も期待できる。一度持ち帰って考えるかと、俺は口を開く。

「分かりました。ただ、即答はできませんので、彼らと相談させてください」

「もちろんだ。それと、アンデッドが出るらしいな」

ヴェロン王の返答に、俺は首肯《しゅこう》する。

「ええ、スケルトンと会いましたね」

「……そいつらは……いや、いい。色よい返事を期待している」

「？」

ヴェロン王の含みのある言葉に水樹ちゃんが首を傾げるが、あとは他愛ない話をしてその場は解散となった。

道を開けてくれたような素振《そぶ》りを見せたスケルトン達について、ヴェロン王はなにか知っているのかねえ……？

◆◇◆

ボルタニア国王の私室。

そこには部屋の主であるヴェロン王と、その妻である王妃が居た。

二人が部屋に戻ってからしばらく沈黙が続いていた。そこへ王妃が不安そうな顔で、ヴェロン王に問いかける。

「あなた、どうして今更クリスタリオンの谷を……？」

「……愚《おろ》かだと思うか？　だが、魔族の上層部を倒せる者なら、長きにわたり居座っているゴブリンを倒せるはずだ。『勇者』なら間違いないだろう」

「それだけじゃありませんわよね。『アレ』のことは？」

「もちろん騎士に後をつけさせておく。ゴブリンが居なくなれば捜索《そうさく》もできよう」

「そうですね……お義父《とう》様があんなことをしなければ……」

「……終わったことだ。彼らの話からすれば、これから確実に忙しくなるだろう、その前にカタをつけねばなるまい――」

◆◇◆

「――で、どうするんですか？　リクさんはどっちでもいいと考えてそうなんですけど」

「冴えてるな、風太。その通りだよ。だが今回は受けるつもりでいる」

「やっぱり関わるんじゃない」

「まあまあ夏那ちゃん。旅には金が必要だ。宿に泊まった時、部屋のランクは高い方がいいだろ？　四人も居ると金額も馬鹿にならねえ」

俺は報酬はいくらあっても困ることはないと説明する。

アキラスが差し向けた刺客を倒して奪った馬を売った分や、ロカリスとエラトリアで貰った報酬はあるが、旅を続けるのは俺一人じゃねえし、交渉で使えるから金はどれだけあってもいい。

装備はロカリスで結構いいものを貰ったから、しばらく買い替えはしないけどな。

「なるほど……報酬を弾んでもらう、ってことか。食事も大変だしね。水樹はどう？」

「私はリクさんに従いますよ！　あ、でもスケルトンと戦うことになるんじゃ？」

「ひっ⁉　そ、そうだった……」

水樹ちゃんの言葉に、夏那が布団を被って震え出したので、俺は苦笑しながら布団に向かって声をかける。

「まあ、実際に戦うのは俺がやるし問題ねえさ。みんなはハリソン達を守ってくれりゃあいい」

「え？　私達は戦わないでいいんですか？」

水樹ちゃんの疑問に、俺は頷く。

「ああ。あの量のゴブリン程度なら一人で十分。面倒臭いから来る時は逃げたが、キング、ロードクラスの奴が居ても勝てるからな。アキラスに比べりゃ子供みたいなもんだぞ」

「ゴブリンロードってゲームとかじゃ結構強くない？　てか、アキラス《あいつ》ってそんなに強かったんだ……。スケルトンは？」

夏那が布団の中から聞いてくる。

「スケルトンは頭を潰せばすぐ黙らせられるだろう」

金と後方支援を手に入れられるなら、ゴブリンとスケルトン退治なんて大した仕事じゃない。俺自身を囮《おとり》にして魔法で一掃、それで終わりだ。

リーチェのもう一つの姿である、四属性の力を絶妙な力加減で刃に形成し、斬った相手を塵《ちり》にする俺の剣、『埋葬儀礼《リチュアル》』を振るえば、上位種が相手でも負けることはない。居るかどうかは分からんけど。

それと――

「初めて会った俺達へ依頼してくるあたり、なにか隠している気がするんだ。その良し悪しが分からねえから話に乗ったというのもある」

ぶっちゃけた話、勇者であることが知られているため、魔族がヴェロン王と繋がりがあれば後ろから刺される可能性は捨てきれない。言わば俺達自身を使った『釣《つ》り』ってやつだ。

「確かに……ゴブリンなら騎士達だけでもやりようはありますもんね」

「だな。実はなにかしら理由があって、そっちに戦力を割《さ》けないいって話なら理屈は通る」

「……リクさんは、魔族がこの国とどう関わっているかを確かめたい、ということですね」

水樹ちゃんも意図を理解してくれているようで助かるぜ。グランシア神聖国へ向かった瞬間、背後から撃たれるのは勘弁だからな。

これで尻尾を出せばよし。なにもなければ安全な国交が回復するので、デメリットがないのもいい。

強いて言うならグランシア神聖国に行くのが遅れるが、そこまで火急ってわけでもねえからな。

「よし、それじゃこの依頼は受けるってことでいいな」

「うう……戻るのね……」

スケルトンを思い出して呻く夏那を見て、風太と水樹ちゃんが笑う。

俺はすぐに部屋を出ると、その辺にいたメイドを呼び止めてヴェロン王に依頼を受けることを伝えてもらう。

その後、俺だけ再度謁見を行い、翌日出発することを告げた。

条件として騎士達を数十人借りることについては問題なく了承してくれた。そもそも手配するつもりだったようで話は早かった。

「急な頼みごとを引き受けてくれて助かる。報酬はもちろん出させてもらうぞ。それとリク殿もう一つ頼みたいことがあるのだが――」

「ん？」

そのもう一つの頼みごとの内容を聞いた俺はヴェロン王と交渉し、報酬を約束しておいた。帰ってきたら頂くとしよう。

◆◇◆

翌日の早朝、俺達は馬車に乗り込んでいた。

「ふあ……いいの？　この時間で？」

夏那の言う通り、このまま向こうへ行けば真夜中に到着となる。俺は『ゴブリンをおびき寄せるには好都合だからな』と返した。

早めに決着をつけるつもりで、騎士達と共にクリスタリオンの谷へと馬車を進ませていく。

「……さて、そんじゃ行きますか」

それから幾度《いくど》かの休憩を挟み、地面に突き刺さった水晶を月明かりが照らす、荒涼な大地へと足を踏み入れる。そこで一緒についてきた騎士の男が、御者台に居る俺へ話しかけてきた。

「よ、俺は騎士団長の一人、グジルスだ。お前が魔族幹部を倒したと言うが、俺達はこの目で見ていない。本当に戦えるんだろうな？　統率《とうそつ》の取れた――」

「統率の取れたゴブリンは騎士団二つ分に匹敵する、か？　どこも同じような認識なんだな」

「どういうことだ？　いや、分かっているならいいが……人数が多いと奴らは出てこない。すまないが任せる。無理そうなら逃げてくれ」

親切に説明する必要もないので、『冒険者なら当然だろ？』と言って俺は武器を確認し、首を鳴らす。そんな騎士達とは渓谷の入り口で別れ、俺達の馬車だけがゆっくり進む中、俺は高校生達三人へ告げる。

「さて、それじゃここからは特に周囲の警戒を怠るな。敵は俺が殺《や》る」

「はい！」

『よっ、と……誰も居ないなら私も出るわね』

風太の元気な声を聞きながら、俺は御者台で片膝をついて遠くを見据える。三人は置いてきた方がいいんだろうけど、目の届かないところに居るより、連れてきた方が安心だしな。

「どっちが先に出てくる……？」

俺の言葉に、夏那が震えながら反応する。

「で、できればゴブリンが先に出てきて……。で、さっさと帰らせて……!!」

「毛布でも被っていればいいじゃないか」

風太が呆れながら毛布を渡すと、夏那はすぐに頭から被り、その上にリーチェが座った。

とりあえずあの場で見たスケルトン達の動きが気になる。場合によっては夏那の言う通り、ゴブリンを倒して終了でもいいかもしれねえな？

相変わらず気持ち悪いくらいキレイな赤紫の水晶の中を馬車が突き進む。

闇雲に走っていても仕方がねえと、以前俺達が休憩した場所へ向かっているところだ。

あそこならまだ遭遇率は高そうだという至極単純な理由だ。

「本当に僕達は戦わなくていいんですか？」

「ああ。魔物とはいえ人型だ。血も出るし、通じないけど言葉も喋るからあんまり戦わせたくねえ」

「昆虫とかはいいの？」

毛布を被った夏那が不思議そうな顔で幌から聞いてくる。

まあ、それらしい理由は言っておいた方がこいつらも納得するか。

「ゴキブリとか芋虫みたいなのは気持ち悪いからって向こうでも潰したり殺したりするだろ？　あれがでかくなっただけだから生理的に受け付けられるはずだ。だけど人型はまた違うんだよ、なんというか……感覚がな。殺すって意味なら同じなんだが、日本で暮らしていたお前達には多分ショックだと思う」

「召喚されてすぐに、リクさんが私達にお腹を刺させたあれですか……」

水樹ちゃんが震え声でそう言うと、夏那は対照的になんとも平気そうに呟く。

「結構、ヤオチューブでグロ動画見るけど、あたし」

ヤオチューブってのは大手動画サイトのことで、確かにショッキング映像なんかはよくある。

だが、ここで俺が言いたいのはそこじゃねえ。

「見るのとやるのとじゃ大違いってこった。今はやめとけ。できるだけ……そう、本当に危機が迫った時に武器を抜け」

「は、はい……リクさんがそこまで言うなら……」

「理由は他にもあるが、な」

殺しまくって感覚が壊れるなんてどう説明していいか分からないので、とりあえずは置いておく。

「あ、前にキャンプをしたところに着いたわね」

スケルトンが出ず、余裕が戻ってきた夏那が、現場に到着したことを知らせてくれる。

襲撃に備え、馬車を騎士達の待つボルタニア側の方角に向けていつでも出られるように待機する。

「どこから来るかな？　賢いとは言っても計略ができるほどじゃないしな」

正面から来ればそれでよし。前と同じく崖の上から来るなら、降りてくる前に始末するだけだ。

上から矢を放ってくるかもしれないが、〈結界《イージス》〉を張っているから遠距離に対しては問題なし。

この辺りは身を隠す場所もないし各個撃破は難しくないだろう。

焚火《たきび》を熾して少しすると、偵察《ていさつ》に出ていたリーチェが頭上で声を上げた。

『リク、崖の上にゴブリンよ！　数は二十！』

「上か……！　〈煉獄の噚《パーガトリィ》〉！」

「き、来た……！」

リーチェからの報告を受けた俺は、すぐに崖の上に向けて赤黒い魔法の炎を撃ち出した。

ゴブリン達は滑り降り始めた直後だったので、自ら炎へ突っ込んでいくような感じになる。

「「ギャアアア!?」」

「ハッ、ざまぁねえな！」

俺が撃った炎の魔法——〈煉獄の咢《パーガトリィ》〉は魔法抵抗がない相手に対し絶大な威力を誇り、巻き込まれたら一瞬で灰にする。アキラスに使った際にそうならなかったのは、あいつの魔法に対する抵抗力が高かったからで、ゴブリン程度ならこの通り、触れただけで黒焦げだ。

「そらよ！」

「グギャ⁉」

赤黒い炎から逃れたゴブリンの足が地に着いた瞬間、俺の剣が首を刎ねる。

最初の炎で半分は死滅したから残りは大した数じゃなく、二十体をあっさり片付けてから一息つくと、風太の声が響いた。

「リクさん、こっちからも来ましたよ！」

「想定内だ、馬車を走らせる準備をしとけ」

『大丈夫、私達が来た方角には今のところゴブリン達は居ないわ』

崖からの奇襲はもうないと判断して風太に移動の合図を行い、俺は出てきたゴブリン達の中へ突っ込んでいく。

三十体程度ってところかね？　前に出てきた奴から適当にぶった切って、怯《ひる》んだ奴らは魔法で一掃すれば特に問題ない。

「す、すご……」

「ちゃんと戦っているのを見るのは初めてだけど、動きがプラヴァスさん達とは全然違う……」

幌の中でポカーンとした顔の夏那と水樹ちゃんが呟く。

『また増えたわよ！　ハリソン達が危ないわ！』

「風太！　発進させろ！」

「はいっ！」

風太がハリソン達の手綱を動かし、再び馬車が走り出す。俺は素早く御者台に飛び乗りながら、馬を狙ってきたゴブリン三体を〈氷刃《アイシクルダガー》〉で串刺《くしざ》しにしてやった。それからすぐに荷台の後方へ移動する。

追いすがろうとするゴブリンの眉間に剣を突き立てて後続の邪魔をしつつ、魔法で焼き払った。

「ま、まだ、出てくるわよ!?」

怯えた声を出す夏那に、俺は返答する。

「こいつらはそういうもんだ。いつの間にか集まって囲まれている。こいつらは何年も放置されていたみたいだから、騎士団丸ごとでも勝てない勢力になったんだろ」

ま、ここは追ってくる奴から潰していけば問題ねえ。

奴らは自分の足以外の移動手段を持っていないので、緩急をつけて追いつけそうなラインで移動するように風太には言ってある。

弓矢で武装している個体も居るが、リーチェの〈魔妖精の盾《シルフィーガード》〉を使っているので安全だ。

「ギエァァァ!?」

そんなゴブリン達は首が飛び、内臓が落ち、血しぶきを上げて次々と倒れていく。

「わ、私もう見てられません……」

「ごめん、あたしも……」

あまりの惨状《さんじょう》に女子二人がダウンする声が聞こえた。まあ血生臭くなってきたし仕方がない。

「律儀《りちぎ》に見てんじゃねえよ二人共。しかし減らねえな」

さて、このままこいつらを引き連れ、騎士達と合流して殲滅《せんめつ》するかと考えていたが――状況が不意に変わった。

「リクさん、前にスケルトンがたくさん出ました！」

「突っ切れ！　前に行く！」

――前回と同じくスケルトンが出現した。

挟まれる形になったが、今回はどうだ？　行かしてくれるか？

そう思っていると、スケルトン達は一斉に動き、馬車を通り過ぎてゴブリン達を攻撃し始めた。

「……やっぱりか」

「仲間割れ、ですかね？」

風太の疑問に、俺は首を横に振る。

「分かんねえ。ちょっと止めて様子を見るか」

馬車を止めてみると、ゴブリンがこっちへ来なくなったことに気づく。

俺は首を傾げて様子を窺う。すると、一体のスケルトンがこちらに向かってくるのが見えた。

「……一体だけ？」

俺が剣を握り直すと、ピタリと立ち止まったスケルトンは慌てた様子で手を振りだした。

『あー、待っていただきたい！　僕は敵じゃない、君達を助けに来たんだ』

「しゃ、喋った……!?　うーん……」

正確には頭に直接響いているって感じだが、夏那にはそれで十分だったようで、またも気絶した。

スケルトンにもランクってやつがあるのは確かだが、ここまでハッキリ意思疎通《いしそつう》できる奴は珍しいな？

『僕の部隊がゴブリンを押し返すからもう少し待っていてほしい』

「あ、はい」

御者台から降りてきた風太に、スケルトンは腕を組んでゴブリン達と争っている仲間の方を見ながらそんなことを言う。

風太は目を見開き、愛想笑いを浮かべて俺に視線を向ける。

……多くはなかったが、前の世界でもこういうアンデッドは確かにいた。が、スケルトンというのは珍しい。

ここまでハッキリと言葉が通じる個体は生涯《しょうがい》で一度だけしか会ったことがない。

ちょっと懐かしさを感じちまうくらいだ。

しばらく眺めていると、劣勢と見たゴブリン達が引いていくのが見え、こいつの部隊とやらが剣を収めながらこちらへ歩いてくる。よく見れば肉や内臓はないが鎧を着ている者ばかりで、皆兵士か騎士のようだ。

とりあえず耳を澄《す》ましながら、リーチェに空から確認してもらうが、付近に敵影はなさそうなので喋るスケルトンに話を聞いてみることにする。

「敵意はなさそうだが、どういうことだ？」

『まあ、見ての通り僕はスケルトンだよ。ただ、僕だけは口を利ける……と言っていいかは分からないけど意思疎通ができる』

「どうしてここに……あ、いえ、ゴブリン達と戦っているんですか？　以前、道を開けてくれたのもあなたですよね」

風太がスケルトンに質問を投げかける。

『はは、僕を見て驚かず質問をしてくるとは面白いね。君達に声をかけて正解だったかな？　……またゴブリン達が来るだろうし、少し移動しようか』

意味深なセリフを口にして俺達を別の場所へ案内すると言って歩き出すスケルトン。

なにか知っているならと、俺は風太に頷き、馬車でついて行くことにした。

「……うう……動く骨格標本……」

「にしちゃ精巧《せいこう》すぎるがね」

夏那が幌の中からうわごとを呟いているのが聞こえ、俺は肩を竦めて苦笑する。

それにしても妙なスケルトンだ。頼みごとがあるって感じがするが——

◆　◇　◆

「うわ……!?」

「きゃ……！」

――案内された場所は更地で、切り立った崖の先が天然の屋根のようになっている広い場所だった。そこは人骨が転がっており、思わず風太と水樹ちゃんが声を漏らす。夏那はまだ復活できていないので荷台の中だ。

そんな中、スケルトン達は崖に背を預けて座り込み、動かなくなる。

俺は墓場にも似た雰囲気だなと思いながら御者台から飛び降りて、喋るスケルトンに声をかけた。

「ここは？」

『僕達の待機場所だよ。ここは渓谷の片隅で、昼間は砂の中に居るから誰も気づかないのさ。さて、自己紹介からかな、僕はヴァルハンという。おおむね察していると思うけど、彼らは元々ボルタニア国の騎士だった者達だ』

その言葉に、風太が驚きの声を上げる。

「え!?」

「まあ、装備が立派だしそう言われりゃ納得もいくが……なんでアンデッドになっているかが気になる。聞いていいか？　っと、その前に名乗っとくか。俺はリク」

「僕は風太と言います」

「水樹です」

そこで話が始まるかと思っていたが――

「か、夏那よ……。頭に響くから寝てらんないわ……」

「はっはっは、まあ怖ぇならそこで見てりゃいいぜ。ハリソンの背中にでも座っていれば安心だろ」

俺の言葉に座っていたハリソンが『遠慮せず』といった感じで鳴いて背筋を伸ばし、ソアラも『こっちでもいいよ』と小さく鳴いていた。

夏那は二頭の間に挟まるように座り、それを見たヴァルハンがオッケーと指で丸を作り、語り出す。

『もう三十年くらい経つかな？　僕達はこのクリスタリオンの谷へゴブリン退治にやってきた。だけど、あいつ等は異様に繁殖《はんしょく》していてね。さらに随分と知恵が回る個体が居たのか、挟み撃ちにあった。僕達は懸命に戦ったものの、全滅してしまったんだ』

「三十年……!?　ずっとここに居るんですか!?」

今度は水樹ちゃんが驚きを隠せないといった感じで声を出す。

『まあね！　いやあ、こうやって意思疎通ができるようになったのはここ七、八年くらいなんだけどさ』

水樹ちゃんの言葉に、片手を頭の後ろに置いてカラカラと音を立てながら肩を揺らすヴァルハン。

どうやらこれがスケルトンの笑い方のようだ。

その後、無念を晴らすべく、仲間と共にゴブリン達を殺すための『復讐者《リベンジャー》』と化したらしい。

生前の記憶が蘇《よみがえ》ってからは、旅人達を安全に移動させるための守護者としての役割を果たしていたようだ。

彼はこうなった経緯は分からないと言っていたが、俺はおそらく赤紫の水晶の魔力を吸って蘇ったのではないかと予想していた。

アンデッドは放置された遺体に後悔と怨念《おんねん》が残っていた場合、周辺の魔力を吸って蘇るパターンと、アンデッドがアンデッドを作るパターンがある。……と、昔の仲間――ジグラットという男が言っていたのを思い出す。ヴァルハンは前者だろう。

「で、俺達に声をかけた理由は？」

『うん、僕達と一緒にゴブリン達を駆逐《くちく》してほしい。僕の見立てでは、リクさんはかなり強いでしょう？　フウタ君やミズキさん、カナさんも及ばないものの強いんじゃないかな？』

「まあ、三人も戦闘はできるが……そこは俺の領分だ。というか、倒せるアテがあるって感じだな」

『そうだね、さすがに三十年も適当に相手をしていたわけじゃない。だけど、ゴブリンキングに手を焼いている状態なんだ。そいつを倒せば、あとは僕達でもなんとかなる』

だからそいつを倒してほしい、ってわけか。

「……救援を呼べばよかったじゃない」

『はっはっは！　この姿じゃこっちが駆除されちゃうからねえ。君達は前にここを通った時にゴブリンに追いかけられたのに、また戻ってきた。これはなにかあるなと思ったのさ。何度かゴブリン退治に来た騎士や冒険者は居たけど、ゴブリンは大人数の時は出てこないんだよね』

スケルトンの僕が先導するわけにもいかないからと、肩を竦めて首を振る。

ま、そういうことなら手伝ってやるのはやぶさかじゃねえ。が、こいつもまだなんか隠している気もするんだよな……？

——実は出てくる時、ヴェロン王が俺だけに、とある物——金の指輪を探してほしいと依頼をしてきた。それと関係がありそうな感じがする。

しかしこいつらがこうなったのは三十年前のことだし、どうだろうな？

まあ、今は疑っていても仕方がないか。

「そんじゃ、さっさとカタをつけに行くか」

『休憩はいいのかい？』

「戦闘は俺だけがやるし、ゴブリンキング程度なら問題ねえ。女子二人は荷台で寝ててもいいぜ」

「今回はそうする……」

「夏那ちゃんは怖いの、ダメだもんね」

水樹ちゃんが困った顔で笑い、夏那と一緒に荷台に乗り込む。

風太に御者を任せ、リーチェを幌の上に待機させて警戒に当たってもらうことにした。

『オッケーよ』

「おし！　そんじゃ案内を頼むぜ、ヴァルハン」

『任せてくれ。行くよ、みんな』

ヴァルハンがカタカタと手を鳴らすと、武装したスケルトン達が立ちあがり、進軍を開始する。

最後尾にヴァルハンがつき、さらにその後ろを俺達の馬車が追従する形だ。

「罠、じゃないですよね？」

「だとしても俺がなんとかするよ」

迷いなく進んでいくスケルトン達の背中を見ながら、そんなことを話す風太と俺。

ヴァルハン達の行動を見るに、嘘を吐《つ》いているような感じはなかった。

そして正直、彼らは頼もしい。頭さえやられなければ戦い続けられるから敵に回すと厄介なんだが、逆に味方になればそれはかなりのメリットだ。

休憩した広場には骨がかなり落ちていたから、本当はもっと居たのかもしれない。

そして、あの光景を見て気になることがあったので、俺は背中越しにヴァルハンへ声をかけた。

「なあヴァルハン。お前、ボルタニア国の騎士だと言っていたけど本当にそうか？」

『……どうしてそんなことを？』

「お前は他のスケルトンに比べて体格が小さい。それと一人だけ鎧が違うよな？　くすんでいるがその胸の徽章《きしょう》……俺の見立てだとお前は王族なんじゃねえかなって思ってよ」

「本当だ、ヴァルハンさんの鎧はよく見たら白銀《はくぎん》って感じで前を歩く騎士とは金属の色が違う……よく気がつきましたね、リクさん……いたた!?」

風太のこめかみをぐりぐりしながら、注意深く見ることと軽口を叩かないことの重要性を体に教えていると、ヴァルハンが馬の横に並んでくる。

しばらく黙っていたが肩を鳴らしながら自嘲《じちょう》気味に語り出した。

『……ご名答。僕の名はヴァルハン・ボルタニア。ボルタニア国の第一王子だった者だよ』

「王子様……!?　え、どうしてゴブリン退治に来て亡くなったのですか……？」

「死んだのが三十年前って言ってたわね。もしかしてヴェロン国王様は家族だったりするの？」

こそっと幌の陰から顔を出して水樹ちゃんと夏那も疑問を口にする。ヴェロン王が四十代後半って感じだったから兄弟というのは有り得ると思う。

『その通り。ヴェロンは僕の弟だね。カナさんが『王』と言っていたところを聞くと、無事にこの国の王になったのか』

「……事情がありそうだな？　俺はそのヴェロン王に探し物を頼まれていてな、金の指輪がこの渓谷のどこかにあるそうだ」

『ふうん？　ヴェロンがそんなことを？　いや、残念だけど僕は知らないな。なんでそんな見つからなさそうな物を探せとか言ったのだろう……？』

……違ったか？

こいつが王族なら、ヴェロン王の探し物はそれに準じた物だと思ったんだがな。金の指輪なんていかにもそれっぽいだろ？

無理に聞いても仕方がないしこの話は終了しとくか。

「さあな。ま、知らねえなら別にいいけどな。んで、なんでその王子様がゴブリン退治なんかに来たんだ？　こんなの騎士団に任せておくべきだろ」

『ははは、そうだねえ。なら、三十年越しの愚痴《ぐち》でも聞いてもらおうかな――』

そう言ってヴァルハンは語り出した。

彼は第一王子だったが、父親である先代の王に疎《うと》まれていたらしい。

先代の王は弟のヴェロンを溺愛《できあい》し、兄であるヴァルハンには厳しくあたっていたのだとか。

詳しい理由は不明だが、先々代の王——兄弟の祖父に当たる人物にヴァルハンはよく似ていたそうだ。父親に厳しかった祖父に恨みがあったからだろうと言って、ヴァルハンは肩を竦めてやれやれと手を広げた。

「酷い……」

水樹ちゃんが手で口を覆いながら呟いた。

「日本でもない訳じゃないが、法律が違う異世界だとこういうのは顕著《けんちょ》だからな」

『異世界？　まあ、そういうことでどうしてもヴェロンに継がせたかったんだろう、いよいよ王位継承ができる年齢になった僕を消すため、父はここに巣食うゴブリン討伐を命じてきたんだ。それが王位を継ぐための条件だって言ってね。一応、僕に寄り添ってくれる味方は居たから、その騎士達だけを連れて寝首をかかれないようにはした。だけど——』

「ゴブリンキングが居て返り討ちに遭ったってわけだな？　どの程度の戦力で来たか分からねえが、キングクラスが居るとなると雑魚《ざこ》の数によっては厳しい戦いになるからな」

俺が代わりに答えてやると、ヴァルハンは頷いて『大勢だと出てこないから、こちらは小規模で向かった』と苦笑していた。

「自分の子をそんな危険な目に遭わせるなんて、そんなことが許されるの？　物凄く腹立たしいんだけど！」

「落ち着け夏那。王族や貴族にはよくあることなんだ。ヴァルハンは運が悪かった」

「リク……でも、納得いかないわよ……」

そう言って夏那は涙を滲《にじ》ませる。

『ははは、ありがとうカナさん。こんな気持ちの悪い姿の僕のために泣いてくれるなんてさ。いいんだ、ヴェロンと僕は仲がよかったからそれは救いだった』

「そういや城に親父さんは居なかったみたいだぜ。さすがにくたばったんじゃねえか？」

俺がそう言うと、父親や家のことはそこまで恨んでいないらしく、俺の言う通り『運が悪かった』とだけ返してくる。

だけど騎士達を巻き込んだことは悔やんでいて、おそらくそれでゴブリン達を倒すまでこの世を離れられないのだろうと言っていた。

『ま、僕のことはいい。あとはゴブリン達を倒せばいいだけだしね。ただ……』

「ただ？」

『うん。ゴブリンキングが強力だというのは間違いない。知恵も回る。だけど、知恵が回りすぎている気がするんだ』

「どういうことですか？」

「……なるほど、読めたぜ。風太、ヴァルハンが言いたいことが分かるか？」

「え？」

首を傾げる風太に時間を与えて考えさせてみる。こいつは頭がいいし理解が早い。だからすぐにその答えに到達するだろうと思っていると――

『……リク、おでましよ。待ち構えていたみたいね』

「そのようだな」

リーチェの言葉と同時に、前衛に立つスケルトン騎士《ナイト》が足を止めて武器を構えた。

『巣まではまだ距離がある。まるで僕達が来ることが分かっていたみたいだ……』

渓谷らしい盛り上がった岩肌や、近くを流れる浅い川。逃げ場が後ろか前にしかない道。

そこで俺達を待っていたゴブリン達。ヴァルハンの様子から俺達を誘い込んだ、というわけではなさそうだな？

魔法で先制する準備をしていると、風太が口を開く。

「そういうことか……ゴブリン達の背後にリクさんのような参謀が居る、そういうことですね？」

「正解だ、風太。答えはこいつら蹴散らしてから、ってな。俺も行く。ヴァルハンは風太達を頼むぜ！」

俺は風太の回答に笑みを浮かべながら、スケルトン騎士《ナイト》の間を縫《ぬ》ってゴブリン達に赤黒い炎をぶっ放す。

「「「グギャァアァ!?」」」

耳に入ってくる悲鳴。そこで俺の中のスイッチが切り替わる――

くくっ……さっきはスケルトンに邪魔されたが今度は皆殺しだ。

「今度は逃がさねえから覚悟しろよてめぇら。はは……はははは……！　風太達のところへは一歩も行かせねえからな？」

眼前に立ちはだかる百以上のゴブリンの群れ。俺はスケルトン騎士《ナイト》の間を掻き分けて奴らを始末していく。

近くの相手は眉間に一撃。

武器を持った野郎は腕を落としてから頭を割る。

そして崖の上や陰に隠れている奴は魔法で頭を吹き飛ばすことでただの肉塊《にくかい》と化し、刎ねた首の断面から血の雨が降り、死体が積み重なっていく。

数が減れば攻撃が緩み、そうなればもっと殺せる。

抵抗を止めるまで。いや、止めてもそれは続く。

戦いは一度始めたらどちらかが死ぬか、『本能』が負けを認めるまで止めちゃいけねえ。それが魔物との殺し合い――

「どうした！　威勢がよかったのは最初だけか！　〈金剛の牙《アースファング》〉！」

スケルトン達を避けて、俺が生み出した岩の棘が地面から突き出る。それがゴブリンの股下から脳天まで貫いて絶命させ、返り血が白い骨に降り注ぎ赤く染まっていく。

「気にせず進め騎士さん達よ！　今日、ここで終わらせるぜ！」

殺すことで生きていると実感できるなんてあいつらには言えねえ。が、この光景を見て、少しでも戦いが恐ろしいものだと思ってくれるといいんだがな……！

そんなことを考えながらまた命を刈り取っていく――

◆　◇　◆

――Side：夏那――


「う……気持ち悪い……血もそうだけど……内臓ってあんなに……」

「わ、私も……夏那ちゃんと同じ……怖いよ……」

『強いとは思っていたけどまさかここまでとはね……。あれじゃどっちが魔物か分かりゃしない。……笑顔で確実に首を落とし、急所を突く人間なんて……』

あたしと水樹の横では、ヴァルハンさんも呆然としていた。

目算で三十七体。

それがリクが飛び出してからたった五分で殺したゴブリンの数。アキラスと戦っていた時よりも明らかに今の方が強いと感じる。

人質になっていたエピカリス様やあたし達っていう足枷がなかったら、アキラスでも瞬殺されていたような気がするわね……

プラヴァスさんのような騎士団長クラスが十人居て、止められるかどうかも怪しい。

「か、確実に命を奪っている……」

とんでもない動きをするリクを見ながら、風太もそう言って震えている。

『首を刎ねるか脳天を潰せば生物というのは基本的に動かなくなるからね……まさかもう死んでいるのに死にたくないと感じるとは思わなかった……彼は何者なんだい？』

ヴァルハンさんが戦慄《せんりつ》しながら尋ねてくるけど、それどころじゃなかった。

目を逸らしたいけど、逸らせない。

酸っぱいものがこみ上げてくるのに、だ。

それは多分――

「くははは！　後がないぜてめぇら！」

――リクが笑っているのに、苦しそうに見えるからだと思う。

それを見て、水樹が呟く。

「……いいのかな、私達、守られてばかりで……」

「僕達だって戦える。それはリクさんも分かっているけど、戦わせようとしない。リクさんにはなにか考えがあるのかもしれないよ、水樹」

「うん……風太の言う通りだと思う。いきなり戦えって言われても、立ち竦んじゃうのが目に見えるもの」

大きな虫なら戦えるけど人型は難しい。それはリクの言う通りだと思った。

あいつは一人で異世界に行って勇者になったけど……守ってくれる人は居たのかしら？

向こうでなにかあったから、あたし達に対して過保護になっているの？

「……仕舞いだ」

リクが大量のゴブリンの死体の中央でそう呟く。

「ぜ、全滅させた……凄い……」

『ゴブリンに後《おく》れを取るリクじゃないって、ミズキ』

水樹が青い顔で呟き、リーチェが腰に手を当ててドヤ顔で言う。

そして宣言通りゴブリン達は馬車付近に一体も近寄れず、血も頭も内臓も散らかっていない。

馬車の背後から襲ってきたゴブリンまでも素早く回り込み駆逐していく様《さま》は、正直、同じ人間とは思えなかった。

「少し逃げたようだが、この先に居るんだろ?」

『あ、ああ……そうだ……案内するよ』

ヴァルハンさんがカタカタと手を鳴らしてこの場を、いや、リクから離れて先頭にいる仲間達を集合させていた。

そこで剣の血を振り払いながらリクが笑う。さっきまでのような狂気じみた笑いじゃなくて、いつもの意地の悪い笑顔を。

「もしかしてお前らずっと見ていたのか? 気持ち悪いだろうによ……見ての通り一撃で相手を殺さないとこっちがやられる。容赦《ようしゃ》なく、確実に殺すんだ。見ていたなら分かると思うが、胸糞《むなくそ》悪いだろ?」

だからお前らは戦わなくていいのだと、あたし達に笑顔を作る。

なぜかその笑顔の裏は泣いているように感じた。

「「……」」

水樹と風太もそう思ったのか、二人共渋い顔でリクに〈ピュリファイケーション〉をかけて血を洗い流していた。

あんたはなにを隠しているの？

あたしは恐ろしくも優しいリクが気になっていた。

もっと仲良くなったら教えてくれるかな？

そんなことを思っていると、強烈な吐き気に襲われ、あたし達は口を押さえる。

「う……生臭い……おえっ……」

「緊張が解けたからかな……僕もさっきより気分が悪いよ……」

「おう、荷台で鼻つまんで寝てろ。残りも片付けてやっからよ！」

「ごめんなさい……もうダメ……」

水樹は荷台の後ろに回り、嘔吐《おうと》……

あ、あたしも危ないかも……み、水を飲んでやり過ごそう……

「お、ヴァルハン達がゴブリンの死体をどけてくれたみたいだな。行くか」

あたし達が荷台で項垂れていると、リクが御者台に飛び乗りゆっくりと馬車が動き出す。

その時、ハリソンがなんとなくリクに『ほどほどにしておいてくださいよ』と言っているような気がした。あたしもそう思うわ……

今はまだ無理だけど、このまま守ってもらうばかりじゃ、多分まずい。

説得してでも戦いはしないといけない……そんな気がするのよね、なぜか。

そしてさらに巣の奥へ行くと、ついに本命に出くわすことになる――

◆　◇　◆

「さて、と。てめぇで終わりか？」

「グ、ガグウ……」

俺の問いかけが通じるわけもなく、目の前の魔物はただ呻き声を上げるだけだった。

目の前では、他のゴブリンより一回りほど大きく赤黒い肌をしたゴブリンが、手に大きな剣を持ったまま口から泡を吹いてガクガクと体を震わせていた。

「嘘でしょ……」

『ば、馬鹿な。ほぼ一人で……いくらなんでも強すぎる。本当に人間なのかい、彼は……』

背後から聞こえてくる夏那とヴァルハンの声がやけにハッキリ聞こえる。

なぜなら周囲に居るはずのゴブリンは全員息をしておらず、静寂《せいじゃく》に包まれているからだ。

俺が人間かどうかってのはともかく、俺の目の前のこいつが、目当てのゴブリンキングだった。

だが、すでに勝負は決している。俺にとっては、そこらのゴブリンと大して変わらないからな。

まあ、こいつらも本能で生きているだけだし、駆除されるというのも可哀想ではある。

が、放っておくとなにかしらの被害が出るため、害虫と同じ対応をせざるを得ないのだ。

人と相容《あいい》れない時点でこうなるのが運命ってことを考えると、異世界ってやつはつくづく、呆れるほど酷い世界だよな。

そういうわけで巣の奥で待ち構えていた二、三百体のゴブリン達は、最初に俺が魔法で奇襲をかけた際に約半数が消し炭になった。

俺の剣とリーチェの魔法で残りも数分足らずで殲滅《せんめつ》し、残ったのがこのゴブリンキングだけというわけ。

「リクさん、どうしてそいつを残しているんですか？」

「簡単な話だ。まだ仲間が居るならこいつが呼び寄せるはずだ。やるならそいつらも根こそぎだ」

「う、うえっ……」

堪《こら》えきれなくなった水樹ちゃんが、馬車の後ろでまた嘔吐していた。申し訳ない気持ちになるが魔物との戦闘の現実はこんなものだ。

今後も人型の敵に手出しさせる気はねえが、この光景には慣れておいてもらいたい。

デメリットは、こんな殺戮を目の前で繰り返していたら、俺が嫌われるかもしれねえってことかな？　必要経費にしちゃ少々高い気もするが、元の世界に帰るまでの付き合いだ、割り切ればいい。

「ウ……グ……ウガァァァァ！」

「……増援はなしか。打ち止めなら、てめぇもこれで終わりだ」

ゴブリンキングが吠えながら大剣を構えて襲いかかってきた。

その動きに合わせて俺も前進し、振り下ろしてきた大剣をすり抜け、股下《またした》から斬り上げる。

「い、一撃……」

二つに分かれたゴブリンキングの身体を見て、風太がごくりと唾《つば》を呑みながら呟く。

本当にこれで終わりらしい。周囲を見渡しても月明かりで輝く赤紫の水晶しか見えず、静かなものだった。

俺はヴァルハンに向き直り問いかける。

「これであんた達は空へ還《かえ》れそうか？」

『そう、だね。まさか仲間を戦わせずに一人で殺しきるとは恐れ入ったよ。うん、僕は満足だ、彼らも還ることができそうだ』

「ヴェロン王とは会っていかないの？」

夏那が酷い顔で、風太の後ろからヴァルハンに言う。すると彼は首を横に振って彼女へ返す。

『まさかそんなことを言われるとは思っていなかったな。ふふ、今更ってやつだよ。こんな姿で会っても気持ち悪がられるだけだ。あれから三十年……それこそ合わす顔がないよ。だけど――』

「リーチェ!!」

『分かってるって！』

殺気を感じて俺がリーチェに声をかけた瞬間、巣穴の奥から黒い矢が飛び出してきた！

「〈爆裂の螺旋《ブラスト》〉！　なに……!?」

そいつを相殺するため俺も爆炎魔法をぶっ放す。が、放たれた黒い矢はまるで意思があるかのように俺の魔法を避けて、後ろに居るヴァルハンの方へ飛んでいく。

『大丈夫！　〈魔妖精の盾《シルフィーガード》〉！』

黒い矢はリーチェの防御魔法により、ヴァルハンへ届く数メートル前で霧散《むさん》した。

「今のは……!?」

「魔法、かしら……」

風太と夏那が困惑の声を上げている中、巣穴からゆっくりと、ゴブリンじゃないなにかが姿を現した。

「ふん、てめぇが黒幕か」

「さて、な。……よくもまあこれだけの数を殺してくれたものだぜ。結構、長い年月をかけて集めたんだが台無しだ」

紫《むらさき》の髪に細身の体、ツリ目の下には酷い隈《くま》がある。そんな陰気な容姿をした男が面倒臭そうに口を開いた。

「に、人間……？」

「……じゃあないだろうね。ゴブリンの巣穴から出てくるくらいだ、おそらくは……魔族だと思う」

夏那の呟きに風太が推測を口にすると、男は眉を少し上げてから俺達を見て笑いだす。

「はっ！　そうかいそうかい、ボルタニア国は対立を選んだようだな？」

「どういうことですか……？」

「そこの坊主が言ったように、俺は魔族だ。あの国とは取引をしていたんだよ」

取引、ねえ。

ヴェロン王が二つの国に魔族の襲来を手紙で知った時、少し焦っていたのはそのせいか？

ちょっとニュアンスが違う気がするんだがな。

俺がそれを尋ねるかどうか考えていると、先にヴァルハンが叫ぶ。

『なんだって……⁉　それはどういうことだ！　一体いつからそんなことに――』

ヴァルハンの言葉を遮るように、男は魔力を解放して姿を変化させて、アキラスと同じような姿になっていく。それと同時に声色も、聞く者によっては背筋が凍るような独特なものに変わった。

【うるさい骨だな。いつからもなにも、お前達ボルタニア騎士団……いや、第一王子のお前がここでくたばった時にはもう、取引は成立していたんだぜ？　なにも知らない憐《あわ》れな王子様は……ここでもう一度このドーナガリィに殺されろ！】

『待て、詳しく話を！　……う⁉』

これ以上話すことはないという意思表示か、ドーナガリィは翼を広げて魔力の波動を叩きつけてくる。

波動を受けて後ずさりするヴァルハンを見て笑みを浮かべ、舌なめずりをしながら魔族らしい言葉を吐く。

【女二人とは楽しめそうだ。が、まずは男連中と骨共を始末して、国王を躾《しつけ》しなおさねばな。新しい王はあまり協力的ではなかったから気にはなっていた】

「おいおい、ゴブリンキングをぶっ殺した俺を前にしてよく言えるな？　ま、それよりてめぇに聞きたいことがあるんだが、答えちゃくれねえか？」

【馬鹿が、ゴブリンキングを倒したくらいで粋《いき》がるな。魔族の俺はこんな雑魚よりも――】

奴が手をこちらに向けた瞬間、俺は姿勢を低くして踏み込み、縦に剣を振る。

【速……ぐぎゃ⁉　は、羽が……⁉】

「少しは答えてくれる気になったか？　お前達は同族以外を下に見るのが悪い癖だよな？」

【貴様……！】

憎悪を含んだ目を向けながら慌てて距離を取るドーナガリィ。だが、この時点で勝負はついている。

アキラスの時と同じく、空を飛ばれるのが一番面倒なので、まず狙うべきは羽だ。それを片方斬り捨てたからな。

「ボルタニア国にはお前以外の魔族は居るのか？」

【殺してやるぞ、人間……！】

「話すつもりはないか。死ぬような目に遭っても強がっていられるかな？」

【ほざけ！】

ドーナガリィが叫び、戦闘開始を告げる黒い矢を俺へ撃つ。

「おっと」

それを回避するも、先ほどと同じく、意思を持っているかのように曲がって俺の背中へ向かってくる。

体温か魔力のどちらかに反応して追いかけてくるタイプの魔法ってところか？

『騎士団よ！　リクさんと協力してヤツを捕《と》らえるんだ。取引のことを吐いてもらわないと死ねなくなった！』

「大丈夫だ、こいつはそれほど強くねえ」

黒い矢を同じ量の魔力で打ち消し、間合いを詰める。

【俺の〈ペインズダガー〉を打ち消すだと……!?】

「どうあっても魔法に違いはねえからな、〈炎の爪痕《イラプション》〉」

俺の放った炎魔法が、頭上から引っ掻くように奴を襲う。

【〈ブラックファイア〉！】

「へえ」

だがそれを、黒く粘《ねば》つくような炎で相殺《そうさい》するドーナガリィ。

こいつは近接戦闘より魔法の方が得意ってところかねえ？

さて、少し交戦した感触としてはアキラスより数段下で、向こうの世界なら中級クラスってところだろう。そしてこの間に羽の再生をしなかったことに注目する。

止血は早かったが、再生は即座にできないと見ていいようだ。

『リクさんをサポートしろ！　回り込んだ！』

ヴァルハンの号令でスケルトン騎士が攻撃を仕掛けるが、黒い矢の魔法で腰や足を折られてその場に崩れ落ちる。

【わらわらと……鬱陶《うっとう》しい骸骨《がいこつ》共が！】

「あ、あ……ダ、ダメですよ！」

水樹ちゃんがバラバラになる奴らを見て心配そうな声を上げていた。

そのうちの一体が頭を狙われていたので、〈氷刃《アイシクルダガー》〉を使って黒い矢を吹き飛ばす。

「おう、無理すんな！　さて……いい感じにまた間合いが詰まってきたな？」

【く、骸骨どもに気を取られて――】

「ゴブリン達が居る間に出てくりゃよかったのによ！」

【舐めるな!!】

おっと、零距離《ぜろきょり》で魔法か。

俺は〈魔妖精の盾《シルフィーガード》〉でその魔法を弾き、剣を斬り上げて奴の左腕を落とす。

【ぐあ……!?　この距離で当たらないだと!?】

「捉えたぜ」

「やっぱりリクって強い……」

夏那がポツリと呟くのが聞こえてきた。

やりすぎて消し炭にしちまうと情報が得られねえから、これでも手加減をしているのだ。だが、案外難しいもんだぜ。

【貴様はなんなんだ……！】

残った右手の爪を伸ばして振り回してくるドーナガリィ。それを紙一重で回避して剣の柄をみぞおちへ叩き込んでやる。

【ぐ……おおお……!?】

「足を止めたな」

【おのれ……！　〈ゲヘナフレア〉！　ば、馬鹿な……炎が曲がる⁉】

奴の放った炎は〈魔妖精の盾《シルフィーガード》〉に弾かれ、俺から逸れていく。

「どうやらお前の攻撃は俺には通用しないみたいだな？　機動力をもっと奪っとくか」

【ぎゃあああああああ⁉】

「うわ……」

逃げられないようドーナガリィの背後にスケルトン騎士《ナイト》が回りこむ中、俺は奴の残った羽を剣で切り裂いた。左腕と羽から零れ落ちる血の臭いが俺の脳を刺激する。

「んで、喋る気になったか？　差し当たってまずはボルタニアとの関わりを聞きてえんだが、どうだ？　そうでなきゃこいつらも成仏《じょうぶつ》できねえ」

俺は後ろに控えるスケルトン騎士を指しながら、問いかける。

【じょうぶつ……？　なんのことか分からんが俺が喋ると思うか？　……うぎゃ⁉】

「なら、死ぬしかねえな」

成仏はさすがに通じないかと、どうでもいいことを考えながら目を細める。

命乞いをする魔族なら楽なんだがな。どちらにしても生かして帰すわけにはいかないし、情報収集はこの先も案外難しいかもしれないな。

【あ、あああああ……⁉】

太ももを貫かれたドーナガリィは悲鳴を上げて、歯をガチガチと震わせる。血を流しすぎると寒くなるというやつだ。

そこへヴァルハンが近づいてきて片膝を突いて奴に尋ねる。

『頼む、教えてくれ。三十年前、お前と契約したのは……僕の父だね？　そのことだけでもいい、答えてくれ』

「まさか……国王様がそんなことを……？　死ぬかもしれないって思わなかったのかな」

いくら弟を溺愛していても身内を死地に向かわせることなどあり得ない、と思っているのか風太がそう言う。

しかし、ここは日本の常識が通用する場所じゃねえ。

するとドーナガリィが顔を上げ、笑みを浮かべて語り出した。

【知っているじゃあないか。そうだ、貴様の父であるオブライオが、第一王子を始末するために俺との契約に乗り出したのだ】

『やはり……』

「実の父親でしょ？　なんでそんなことをするのよ……」

夏那が信じられないといった様子で呟く。

【どうしても第二王子に王位を継承したかったらしいぞ？　くく、そのあとどうなるかも分からずにな。いいだろう、貴様ら人間の浅ましさを教えてやろう――】

ドーナガリィが笑いながら地面に寝転がって、三十年前のことを語り出す。

出血の具合からトドメを刺すまでもなく死ぬだろうし、おとなしく語らせてやるか。

ヴァルハンの生前の顔は祖父にそっくりで、その祖父に厳しくされていた先代であるオブライオ王は、ヴァルハンを酷く嫌っていた。

……という話は先に聞いていたが、続きがあった。

後《のち》に王となるヴェロンが生まれるまではそれなりに可愛がっていたが、歳を経《へ》ると祖父に似なかった弟ばかり可愛がるようになり、ヴァルハンを疎ましく感じていたようだ。

だが後継者は第一王子と掟で決まっているので、いくら王とはいえ掟を変えてヴェロンに継がせるわけにはいかない。

そこで登場したのがドーナガリィだったというわけだ。

元々、脅迫して国を制圧しようとしていたドーナガリィだったが、逆に提案を受けることになったという。

それが――

『僕を罠にかけること。そして王都に手を出さなければ各地の人間は好きにしていいということ、か……狂っている……』

【くはは……自分のつまらない好き嫌いのために実子の殺害を目論《もくろ》み、民を犠牲にするなど愚かだと思わないか？　おかげでいくつかの村の住民達は、俺が魔王様の下へと送ってやったぞ】

「くっ……」

ヴァルハンの話から想像できたことではあるが、あまりの残虐《ざんぎゃく》さに風太が歯ぎしりをする。

【……三十年。ゆっくり、少しずつ蝕《むしば》んでやった。ここで俺が死んでも、ロカリスやエラトリアなどの別の国を掌握《しょうあく》するため、すでに上級の魔族が動いている。貴様らは終わりだ！】

ざまあみろとでも言わんばかりにげらげらと大声で笑うドーナガリィ。

こいつが言う『上級の魔族』はアキラスのことだろう。信頼する上司が仇《かたき》を討ってくれると思っているから口を割ったんだな？

そう思っていると、風太達が複雑な顔で俺を見ていた。

俺が派手にぶっ殺したのを見ているから、こいつが滑稽《こっけい》に見えるだろうさ。

俺はドーナガリィに真実を伝えることにした。

「そりゃあ残念だったな。アキラスはもう居ないぞ」

【なんだと……どういう意味だ？　いや、なぜ貴様がアキラス様を知っている……！】

「あー、いい気になっていたところ悪ぃがアキラスは……俺が殺した」

【な!?　貴様……！　がは!?】

「リクさん!?」

俺が殺したと告げた瞬間、ドーナガリィの胸に剣を突き立てて地面に縫い付けると、気になったことを質問する。

「アキラスもそうだったが、てめぇも三十年間、大人しくしていたもんだな？　オブライオ王を始末して城を制圧した方がよかったんじゃないか？」

【う、ぐ……ば、馬鹿が……人間は家畜を全滅させる……か？　そんなことをすれば食料が絶えてしまう……ごほっ……生かさず殺さずゆっくり、少しずつつまみ食いをして魔王様へ贄《にえ》として送ればそれで、いい……】

「なるほど、魔王は完全に力を取り戻していねえってことか」

【……⁉】

顔色が変わったな、図星か。

幹部クラスですら回りくどい手を使っているあたり、虐殺するよりも生贄にする方が優先するべきものらしい。

「ヴァルハン、まだ聞きたいことはあるか？」

『……いや、いいよ。ヴェロンは魔族に逆らった。だからリク殿をここに寄こしたんだろう。父のやったことは許せないけど、亡くなったことで弟が父の方針から解放されたのだと思う、それが分かれば十分さ』

「……だな」

【俺が死ねば連絡が途絶え、魔族が押し寄せてくるだろう……くははは！　貴様らはこれで終わりだ！】

「え、それはまずくない⁉　こいつを生かして囮にした方がよくない？」

ドーナガリィが俺達に絶望を与えようとそんなことを言い出すが、それよりも夏那の方が物騒だなと苦笑する。

そして俺はドーナガリィの胴から剣を引き抜き、奴の頭を掴むと、ある方向へぶん投げた。

【うおおおお⁉　ぐお……これ、は……⁉】

「ここの水晶は魔力を吸う。それだけ深く刺さってりゃ、一瞬で吸い尽くされるだろうぜ？　ああ、それと魔族が押し寄せてくる話……ブラフだろ」

するとドーナガリィは目を泳がせる。

【な、なにを……】

「アキラスが死んでひと月、ロカリスにもエラトリアにも魔族らしき影はなかった。アキラスはてめぇとくらいしか連絡を取り合っていなかったんじゃないか？　幹部同士も仲が悪そうだ。俺の時もそうだったしな。安心して死んでくれ」

【お、おのれ……!?　あ、あああああああああああああああ！】

愚かな魔族はみるみるうちに干からびていき、魔族の魔力を吸った水晶はひと際輝いて見えた――

「……終わった、のか」

風太が干からびたドーナガリィを見て呟く。

残ったのは不動のスケルトン騎士とヴァルハンに俺達だけとなり、俺は剣を鞘《さや》に入れながら口を開く。

「ああ。後味は悪いがこれでボルタニア国から暗躍していた魔族は消えた。今後はまともになるだろうぜ」

「それにしてもリクが言う通り、なんでこいつらって単独行動をするのかしら？」

「うん。夏那ちゃんの言う通り、今回も、仲間を呼んで一斉に攻めてくればいいのに……」

レッサーデビルも出さなかったことに女子二人は疑問に思っていたが、ゴブリン達を使役していたことを考えると、呼び出せないか、隠れて動くのに邪魔になるから手元に置いていないかだろう。

能力を考えると前者だと思うが、くたばっちまったから知る術《すべ》はねえ。

ただ、こいつのおかげで少しだけ魔族の事情が分かったので、これはいい寄り道だったと言える。

「どうあれ、邪魔をするならぶっ倒すだけだ。情報は欲しいが魔族に俺達の存在を知られたくねえし、一匹見つけたら確実に潰していくか」

「なんか黒いアレみたいね……」

「やめろ夏那ちゃん。さて、とりあえずこれで過去の所業は分かったが……どうするヴァルハン？」

『……』

夏那の想像を止めさせつつ、スケルトン騎士団達を前に立ちつくしていたヴァルハンに向いて声をかける。

『ん。ああ、ごめんよ。君達には世話になったね、ありがとう』

「礼はいらねえよ。で、どうするんだ？　弟のところに乗り込むなら手伝うぞ」

「僕もヴェロン様とは一度話した方がいいと思います」

風太が後押しをしてくれたが、ヴァルハンは首を横に振って両手を広げながら言う。

『いや、いいよ。前にも言ったけどこの姿で会うのは抵抗があるし、父が亡くなっていることが分かっただけでも十分さ。……きっとヴェロンも父の束縛が解けたから、ここを開放するように仕向けたのだろうしね。ただ、魔族がいると想定していて依頼をしたのなら、生贄《いけにえ》という可能性もあったか？』

「……多分、あたし達が勇者一行で、リクがロカリス国で幹部を倒したことを知っているから頼んだのかも」

夏那の答えに納得がいったとばかりに頷くヴァルハン。

『勇者……君達はそうだったのか。それでリク殿はあれほどの強さを』

そんな彼へ、俺は肩を竦めながら尋ねる。

「ま、そこの三人とは少し違うがな。……逝《い》くのかい？」

そう問うと、ヴァルハンはゆっくり頷く。

未練がなくなりゃ当然この地に用はねえ。だが、その前にやりたいことがあると気のいい骸骨は俺に言う。

『そうだ、なにか書くものを持っていないかな、最後にヴェロンへ手紙を届けてほしい』

「あ？　そうだな……こいつでいいか？」

「お手紙だからそれはちょっと……私の鞄《かばん》を出してもらっていいですか？」

俺が適当にポケットからメモ帳とボールペンを取り出すと、水樹ちゃんが困った顔で制止し、鞄を要求してくる。

それを収納魔法から取り出して水樹ちゃんに渡すと、彼女は中に入っていたノートとペンをヴァルハンへ手渡した。

きちんとした便箋《びんせん》というわけにはいかないが、封筒は会社で使うやつを俺がカバンに入れていたことを思い出して渡す。

『ああ、とてもいい紙とペンだ――』

そう言って適当な岩に座って筆を走らせ始めるヴァルハン。

俺達は書き終わるまで時間を潰すかと、荷台や御者台に腰をかける。

そうしているとスケルトン騎士が一体ずつ近づいてきて頭を下げる仕草をする。

「……もう大丈夫だ、あいつもすぐ逝くだろう」

そいつらに対して、俺は少し優しい口調で声をかける。

「あ……」

『崩れたわね……』

「ゆっくり休んでください、騎士の皆さん」

一人、また一人と俺達の前に来ては崩れていく騎士達。

口も利けないしなにを考えているか分からねえが、気持ちは伝わってくる。

その証拠に、あれだけびびっていた夏那が泣きながら見送っていた。

風太達がゴブリン達に襲われなかったのはこの騎士達のおかげでもある。その雄姿《ゆうし》や経緯を考えたら、気持ち悪いとは思えないよな。

水樹ちゃんにいたっては握手をしているし。……怖がってないと思ってたけど、彼女は肝が据わっているなと俺は苦笑する。

そしていいよいよ――

『ああ……みんな、逝ってしまったか』

「だな。あとはお前だけのようだぜ」

『ありがとうミズキさん、いい道具だった。それじゃこれをヴェロンに渡してくれるかい？　報酬は……この指輪と僕の短剣だ』

そう言って、ヴァルハンは金の指輪と剣を渡してくる。

「こいつは……やはりヴェロン王が俺に頼んでいたやつか」

『そうだね。僕がこんな姿になっていると思っていなかったろうし、ゴブリンが巣穴に持っていったと考えていたのかもしれない。出自は……ま、聞いての通り身内のやらかしだから言いたくなかったろうし、ね？』

俺はヴァルハンから短剣と指輪、そして手紙を受け取ると収納魔法へ入れた。

最後に彼が握手を求めてきたのでそれに応じる。

風太、夏那、水樹ちゃんとも握手をしたあと、ヴァルハンは一歩後ろに下がって片手を上げた。

『君達と会えてよかったよ。ようやく……ようやく終わりを迎えることができた……心残りだった家のことも知れたし、これで思い残すことはないよ、本当にありがとう。旅の無事を祈っているよ――』

「あ！　ヴァルハンさんが――」

一瞬……本当に一瞬だけ生前の姿であろうヴァルハンの姿が浮かび上がり、そして崩れ去った。

場には残された鎧と骨だけが静かに佇んでいた。

「手紙を届けないといけませんね。馬車を回しますよ！」

「頼むぜ、風太。っと、その前に……。おい、こそこそと隠れている奴ら、出てきな！」

「え!?」

そう俺が叫ぶと、クリスタリオンの谷まで一緒に来た騎士団長のグジルスとその他の騎士が姿を現した。

気まずいとかそういった感じじゃなく、決意をした顔で俺達の前に来ると頭を下げて口を開く。

「……全て見ていた。危険が及べば手助けをするつもりでしたが、まさか亡き第一王子のことが知れるとは思いもよらず……それにリク様には手助けが必要ないと判断しました」

「もしかしてずっと付いてきていたんですか？」

「ええ。……魔族が居れば斬れと、ヴェロン様に言われていましたから」

ということらしい。俺は気づいちゃいたが、何もしてこねえなら、と放置していた。

しかし、まさか魔族退治まで任されていたとは、さすがの俺も驚きだ。

「……それに、亡き父の活躍を目にすることができました。……皆の者、撤収だ！　騎士達の弔《とむら》いはまだ終わっていない。落ちている装備は全部拾って持ち帰るぞ」

「「ハッ」」

騎士達はスケルトン達の装備と骨を回収し、撤収作業を始める。ほどなくしてそれを終えると、俺達はクリスタリオンの谷から出発した。

移動中、騎士団長のグジルスが漏らした言葉について、夏那が振り返りながら言う。

「あのスケルトン達の中にお父さんが居たのかしら？　なんで分かったのかな」

「鎧か剣に家紋みたいなのがあったんだろうぜ。学生がキーホルダーやらスマホカバーをつけて個性を持たせるみたいにな」

「ふふ、そう聞くと身近に聞こえますね。……お家に帰れるならよかったです」

「僕達も帰れるように努力しないとね」

俺の推測に水樹ちゃんが微笑み、風太が冗談めかしてそんなことを言い、俺達は顔を見合わせて苦笑する。

スケルトン騎士達が居なくなり、少し寂しい空気の中、俺達はボルタニア王都へ向けて馬車を走らせた。

◆◇◆

そして俺達は無事にボルタニア王都へと帰還してきた。

途中の魔物退治は全て騎士達がやってくれたので、俺達はゆっくり休むことができた。

城へ到着するとすぐに謁見……とはならず、一旦、騎士団のグジルスからヴェロン王へ報告をする形となり、俺達の謁見は翌日に持ち越しされた。

高校生組には刺激が強い場面が多かったし、ゆっくり眠らせたいと思っていたから丁度いいや。

そんな俺達は今、最初にヴェロン王と謁見した後に通された部屋に案内されていた。

特にやることもないので、各々椅子に座ったり、ベッドに寝転がったりとくつろいでいたりした。

俺は椅子に座り、先日の戦闘を思い返していた。

「……」

「どうしたんですかリクさん？　自分の手を見つめて」

「もしかして……ケガ⁉　ち、治療しますよ！」

風太がそう聞いてきて、水樹ちゃんが慌てて立ち上がった。

「ああ、いやなんでもねえ。ちょっと疲れたかもってな。心配させて悪かったな」

俺が肩を竦めながらそう言うと、ホッとした様子で水樹ちゃんが座り直す。

そこで黙って俺達のやりとりを見ていた夏那がポツリと呟く。

「……魔族ってみんなあんな感じなの？」

「んあ？　ああ、そうだな。基本的にはこっちを弱者として見下しているな」

「そっか。なら、あたしはあいつらとは戦いたいかも」

「……なに？」

俺が訝しんで尋ねると、夏那は『うん』と小さく呟いてから続ける。今までと様子、いや、雰囲気が違うか？

「リクがあたし達を思って殺しをさせず、守ってくれるのは本当に嬉しいの。できれば戦わない方がいいっていうのは、内臓をぶちまけたゴブリンとか見ていたら分かるわ。こっちがああなる可能性があるって教えてくれてたんでしょ？」

「……」

まあ、その通りなんだが、こうハッキリ言ってくるとは思わなかったな。俺は頬《ほお》を掻《か》きながら黙り込む。

続けていいと判断したのか、今度は風太が口を開く。

「僕もそれは思っていました。確かに戦うことは怖いです。だけど、ここに召喚されたのは僕達も同じで、リクさんだけが負担をする必要はないんじゃないかって」

「そうですよ！　その、トドメを刺せないかもしれませんが……牽制するくらいはお手伝いできますし……」

「だから戦闘には参加したい。これでも訓練では武器を振り回していたのよ！」

夏那はやる気のようだ。

が、俺はため息を吐いてからやんわりと断らせてもらうことにした。

「やめとけやめとけ、俺がやるって。それにトドメを刺せない中途半端な状態で戦いに出ると死ぬぞ？　命乞《いのちご》いをしてきた相手を許して、剣を納めた瞬間にブスリなんてのはよくある話だ。極端な例だけどよ」

「う……」

「で、でも、数は居た方が……」

夏那は言葉に詰まり、風太は食い下がる。しかし、俺の考えは変わらない。

「大丈夫だって。俺はあの数のゴブリンを一人で壊滅させられるんだぜ？　お前らは元の世界に戻った後のことでも考えてりゃいいのさ。カフェの新作のこととか」

「あ！　もう！」

俺はこの話は終わりだと布団を被って寝たふりをすると、夏那が飛び掛かってきて体を揺すってくる。

『うーん、言いたいことは分かるんだけど、リクも色々あったからさ』

そこへリーチェが宥《なだ》めようと声をかけるが、夏那は『それも言ってくれないと分からないじゃない』と不満を口にしていた。

はは、若いってのはこういう感じだよな……傷口をあまりえぐってほしくはねえんだがと思いつつ、その日はなんとなく気まずい雰囲気のまま過ぎた。

◆◇◆

――翌日、ボルタニア城、謁見の間。

「……ご苦労だった異世界の客人よ。報告は聞いている。ゴブリンのみならず魔族も討伐してくれるとは」

俺達四人が到着してすぐに、ヴェロン王が口を開いた。ちなみに、リーチェは俺の懐に入れてある。

「最初からそのつもりだったんでしょう？」

俺がそう応じると、ヴェロン王はふっと笑みを浮かべる。

「さすがにお見通しか。エピカリス殿の手紙を見た時、勇者であればアレを駆逐できるのではと考えたのだ。私の父がくだらぬ契約などするから……」

「おっと、その話の前にこいつを読んでもらえますかね？」

俺はヴァルハンから受け取った手紙を懐から取り出し、ヴェロン王に見せる。

「手紙……？　騎士団長からは聞いていないが、誰からだ？」

グジルスはヴァルハンとスケルトン騎士達のことを詳しくは伝えていなかったようだな。なにか思うところがあったのか？　そういえば短剣のことも聞いてこねえ。横に立っているグジルスに目を向けるが、素知らぬ顔で口を閉じていた。

「あなたの兄上から、と言って信じてもらえますかね？　アンデッドになってゴブリン達と戦っていましたよ」

「兄……だと⁉　……今、読んでもいいかね？」

「もちろん。ヴァルハンの手紙です」

「ヴァルハン……兄の名だ。それを知るということは……」

陰気な顔は変わらないが、目に輝きが戻った気がする。隣の王妃も驚いた顔で目を見開いていた。

王妃もヴァルハンとは知り合いのようだ。

さて、それはともかくヴァルハンが長文を書いていたので俺達はしばらくその場で待つことに。

すると手紙を読み終えたヴェロン王は、肩を震わせながら涙を流す。

「馬鹿兄貴が……なんで逃げなかったんだよ……あの時、俺の話を……」

「ヴェロン、わたくしにも見せていただけますか？」

王妃もヴェロン王から受け取った手紙を読んで泣いていた。

二人が涙を拭いた後、ヴェロン王が咳払いをしてから俺達へ向き直る。

「みっともないところを見せてしまったな、すまない、もう会えないと思っていた兄貴からの感謝が書かれていたので、つい涙が溢れてしまったよ」

「いえ、亡くなったと思っていた身内の手紙ですからね、当然の反応かと。……仲はよかったと聞いていていますが」

「兄貴が……いや、兄がそう言ったのか？　どうかな……俺は親父の言いなりにしかなれなかった男だ――」

ヴェロン王はそれから、ヴァルハンとの思い出を語ってくれた。

彼は兄であるヴァルハンと、小さい頃はよく遊んでいたそうだ。

だが二人が成長すると共に、父親はヴェロン王ばかり構うようになった。が、それでも兄が好きなので声をかけ、遊んでもらおうと近づいていた。

しかし、やがて兄から拒絶《きょぜつ》されるようになったそうだ。

「それが、俺を守るためだったとは……」

「親の言うことを聞かないと今度は弟に危害が及ぶと思ったんでしょうね……」

水樹ちゃんがなにかを感じたのかそんなことを口にする。

拒絶という手段は親父に言われたからか、ヴァルハンが自らそうしたのか。まあ、後者だろうな。

で、出兵する際、ヴェロン王は、最後にこんな家を捨てて逃げろとヴァルハンへ告げたと言う。

だが、ヴァルハンは寂しく笑うだけでなにも返さずに旅立ち、そして二度と帰ってくることはなかった。

「……夢に出るのだ。血まみれで俺をじっと見つめる兄が。あの時、なにも言わずに立ち去った姿のままで笑っているんだ。その度に、あの時、強く引き止めれば……国から逃がしていればと後悔が湧き上がってくる」

項垂《うなだ》れながら独り言のようにそんなことを呟いた後、顔を上げて俺に告げる。

「魔族との契約について聞いても、父は最後まで口を割らなかった。俺は父が存命中の間も魔族の足取りを秘密裏《ひみつり》に探っていたのだが尻尾を出さず、あちこちの町や村がやられていた。騎士達も父に言われて動けないから、魔族はやりたい放題だった。そして父は数年前に亡くなり、そこへ……」

「僕達が来た、というわけですね。先代の王はどうしてそこまでヴァルハンさんを……」

「俺……私にも分からんよ。我々兄弟が生まれた時には、すでに祖父は亡くなっていたのでな」

そう言って遠い目をするヴェロン王。そこで俺は懐を探り、ヴァルハンから預かった短剣と指輪を差し出した。

「これは……！　み、見つけてくれたのか！」

「ええ。というよりヴァルハンが持っていたんですがね。報酬、弾んでくれますか？」

「もちろんだ、ありがとう。……もう少しだけ昔話を聞いてくれるか？」

俺が形見を手渡すと、懐かしそうに剣を抜いて顔を綻《ほころ》ばせるヴェロン王。

そして探し物の由来を語ってくれた。

指輪は金庫を開けるための鍵《かぎ》だって話だ。

弟であるヴェロン王も一つ持っており、そいつを二つ同時に金庫の鍵穴にはめることで開くそうだ。そこに重要な物が入っているはずだと、ずっと探していたらしい。

城ではまったく見つけることができなかったため、父親への最後の抵抗として、おそらくヴァルハンが持ちだしたのだろうと考えていた。だが、ヴァルハンが行方不明になったクリスタリオンの谷には、大量のゴブリンが居るため公《おおやけ》に捜索ができなかった。

「……短剣と指輪は、兄の形見となってしまったな」

「金庫に何があるのか知っているのですか？」

「おそらく、父にとって見られたくないものだろうと思う。もし重要なものが入っているのであれば、もっと必死に探すだろう」

「確かにそうですね……あえて盗ませた線もあり得そうです」

水樹ちゃんの思考にヴェロン王も同じ意見らしい。

聞けば聞くほど先代の王は最悪だったと反吐《へど》が出る。こういう私欲で国を危機に陥《おとしい》れる王は珍しくないのが異世界だ。

「金庫は私達が確認をさせてもらうとしよう。前王の負の遺産、ようやく清算ができるか……」

そう呟いたヴェロン王の後に、王妃が俺達へ声をかけてきた。

「ありがとうございます。勇者様達のおかげであの人も逝けたようですね。これからは魔族に抗うため尽力します。犠牲になった人達も居ますので、このまま私達が王族にいてよいのかとも思いますが……」

「いや、それを償《つぐな》うためにしっかりやればいいと俺は思いますよ。先代の罪だ、あなた方が全部被るのも違うかと」

「リク、いいこと言うじゃない！　そうよ、それ以上にみんなを幸せにすればいいのよ」

夏那が俺の背中を叩きながら笑顔で頷き、俺は肩を竦める。

「……」

しかし、振り返った時に水樹ちゃんの表情が暗かったのは気のせいか？　クリスタリオンの谷でもなにか考えていたような節《ふし》はあったたな。

「本当にありがとう。グランシア神聖国へ向かう前にゆっくり休んでくれ。あそこまではかなり遠いからな……。無論、報酬は期待してくれ」

「ありがたくお受けします」

俺が礼を言うと風太達も頭を下げる。

そのまま謁見は終了し、再び部屋へ戻って食事まで待機となった。

◆　◇　◆

『ぷは！　窮屈だったよー』

「やれやれ、これで一件落着かね」

ベッドに腰かけてリーチェを懐から出す。俺が自分の肩を叩いていると、夏那が口に手を当てて笑う。

「ぷっ。おっさんくさいわよ、リク」

「うるせえ、俺はおっさんだからいいんだよ」

「えー。毎回その反応じゃつまんないわね。ウチの学年主任に同じことを言うと、拗《す》ねたり、むすっとしたりするわよ」

「本当のことに目くじら立てても仕方ねえだろ？」

「あはは……達観《たっかん》しすぎじゃないですか？　……次は本命の聖女様のところですね」

俺の言葉に風太が笑っていたが、ふと真顔になって次の目的を口にする。

「だな。これで帰れる手がかりが見つかるといいんだが」

「でも、魔王を倒さずに勇者がこの世界から居なくなったら、残された皆さんは厳しい戦いになるんですよね……」

水樹ちゃんが不安げに言うが、俺は首を横に振る。

「それでも勝てないわけじゃねえはずだ。それこそ人間が全員でかかればな。アキラスだってプラヴァスとルヴァン、もう一人いた騎士団長に騎士団全員なら勝てるぞ。あいつが優位を取れていたのは、空を飛べる点くらいだからな。レッサーデビルはちと厄介だが、フレーヤも戦えていただろ？　それに俺みたいに――」

「リクみたいに？」

「っと、なんでもねえ」

危ねえ、俺の感覚が壊れてしまっていることをつい口にしそうになっちまったぜ。俺のことは関係ないし、ここは濁しておく。

そこで夏那が俺の下へやってくる。両手を腰に当てながら俺の顔を覗き込んで口を尖らせる。

「ねえ、あんたなんか大事なことを隠してる？　前の世界のこと、話してよ」

「うるせえな……」

「あ、なにその言い草！　心配してるのに！　……きゃあ!?」

「おりゃ!!　お前らは日本に帰ることだけ考えてりゃいいんだよ」

顔を覗き込んできた夏那を抱えてベッドに投げ捨て、俺はそのまま出口へ向かう。

すると夏那が枕を投げつけながら不服そうに口を開く。

「ちょっとどこ行くのよ！」

「外の空気を吸ってくるぜ。リーチェ、ここは頼む」

『はーい！　ほら、カナ、怒ると可愛い顔が台無しよ』

枕を風太に投げて返し、俺は部屋を後にする。適当に庭で昼寝でもしてくるか。

あいつが見ていたら甘やかしすぎとか言われそうだが……いや、逆にあの時の俺を知っていれば
これくらいは妥当《だとう》だよな？　なあ、イリスよ――

◆◇◆

――Side：夏那――

「もー！　なによ、あいつ！」

「夏那が悪いよ。もうちょっと遠回しに聞かないと。あんな喧嘩腰じゃ教えてくれないって」

「うん。今のは夏那ちゃんの態度がよくないと思う」

風太と水樹に言われ、あたしは口を尖らせる。

「二人して!?　というかリーチェ、あんたなら知ってるんじゃない？」

『それはもちろん。なんせ私はリクの無意識と四属性から作られているからね。だいたい十割くらいはリクみたいなもんよ』

「それはもうリクさんじゃないか!?」

得意げなリーチェに対して風太が声を上げる。風太にしてはナイスツッコミね。

「そういえば前も言っていたけど、無意識ってどういうこと？　四属性は分かるけど」

いい機会だと、あたしは気になっていたことをリーチェに聞いてみた。

『んー、リクの心の奥底にある感情や性格っていえば分かる？　それが反映されたのがわたしなの』

「ということは……リーチェちゃんってリクさんの裏の性格、みたいな？」

『そうそう。冴えているわね、ミズキ』

「なら――」

冗談を口にするリーチェにあたしが食い入るように迫ってみるも、口にバツを作って首を振る。

『ダメよ。こういうのは本人から、ね？　……どちらにせよ、神聖国がターニングポイントになると思うわ』

「どうして？」

『……手がかりが手に入る。もしくは元の世界に帰れるならそれでいいけど、もし帰れないなら旅は続く。そうなると必然的に戦闘に参加せざるを得なくなるってこと』

リーチェの言葉に、あたしは頷く。

「なにがあるか分からないもんね。今回だって魔族が関わっていたわけだし。でも戦力を小出しにしているなら楽勝じゃない？」

実際、軍勢で来たのはアキラスがエラトリアで戦った時と、ロカリスで正体を現した時だけなのよね。

もし幹部クラスが一斉にかかれば国を亡ぼすのは簡単だと思うんだけど……できるけどやらないのか、できないのか……？

それと、そもそも『帰る方法』がすぐ見つかるとは思えないのよねえ。

どちらにせよ、リクに頼りっぱなしになるのは申し訳ないし、三人で説得を続けるべきよね？

「元の世界、か……水樹にとってはこっちの方が――」

あたしは水樹を見ながらそんなことを考えるのだった。

◆　◇　◆

――俺の目の前で、女性が謝りながら泣いている。

（ごめん……なさい……あなたをここに喚んでしまった……つ……み……）

（お前のせいじゃないだろ……どうせ誰かが異世界人を召喚するに決まっている。お前が召喚し、俺が来た。それは……多分、よかったんだよ）

（……今まで……ありが……とう……これであなたは――）

待ってくれ！　お前にはまだ話が――

（――さい）

なんだ……どこから声が……

（――きなさい！）


「うお!?　待て、イリス……！　って、なんか柔らかいな、なんだこりゃ」

「きゃ……!?」

庭に出てきた時、花壇にある椅子に座って考えごとをしていたんだが、いつの間にか寝ていたらしい。

懐かしい……そして後悔の残る場面の夢を見ていたようだ。

そして夢から起こされ、慌てて伸ばした左手は夏那の右胸を掴んでいた。二回ほど感触を確かめたところで――

「なにすんのよ！」

「あぶねっ！　悪い悪い、ちょっと眠っちまってたか。どうした？」

「くっ……当たらない……!?　夕飯の時間だから捜《さが》しに来たのよ」

「もうそんな時間か、サンキュー」

立ち上がって夏那の攻撃を避けながら、ふと先ほどの夢を思い出す。

長く眠ると『過去』を見ちまうから、なるべく短い時間で睡眠を取るようにしている。

だが、うっかり長時間睡眠をしてしまったらしい。

……それにしても、久しぶりに鮮明に見たな。

「あはは、夏那ちゃんの攻撃全然当たらないね」

「水樹も手伝いなさい！　ご飯の前にボコボコにしてやるんだから！」

「わざとじゃないんだし、そんなに怒らなくても……」

水樹ちゃんと風太が呆れた笑顔を夏那に向けていた。

夏那はいい拳を繰り出してくるが、俺を捉えるにはまだ甘い。ヒラリと回避して城内へ向かって歩き出し、三人も後をついてくる。

「ぐぬう……」

「元勇者は伊達《だて》じゃないってことだよ。僕達も追いつけるように頑張らないとね」

悔しそうな声を上げる夏那と、それを宥める風太。

「ま、夏那の動きは悪くなかったし、その辺の同年代よりは間違いなく強いぜ？」

俺が肩越しに首だけ振り返って夏那に言ってやると、風太が少し考えたあと、駆け足で俺の横に並んで口を開く。

「……例えば昨日の魔族と戦った場合、僕達の実力でどれだけ戦えますか？」

「風太……いいって、俺がやるからよ」

「いえ、相手と自分の強さの差を知りたくて。自分の身くらいは守れるようになっていないとまずいと思うんです。ロカリスでは調査のため、長期間僕達から離れていましたよね？　ああいった状況になったらリクさんの力を借りることができませんし、戦えるようになっておくのが正解かなって」

「です！　魔法の教え方も上手かったですし、私達ももっと力をつけておくべきだと思うんです！」

風太に触発されてか、水樹ちゃんも胸の前で両手を握って頷いていた。

確かにあの時は調査で出て行ったが、今後は目を離すことがない……はずだ。

ただ、グランシア神聖国でなにも得られないと長旅になる可能性は高い。

そうなると道中、俺達が別行動をしないとは限らないというのは確かにある。

「うーん……」

「なによ、みんな強い方がいいじゃない」

相変わらず俺が悩んでいると、夏那が口を尖らせる。

「とりあえず飯を食おうぜ、な？　腹減ったよ、俺」

「あとで答えを聞かせてもらうからね？」

というわけで少し気まずい雰囲気の中で飯を食ったあと、部屋に戻る前に俺は一人で風呂へ入ってさっきのことを考える。

「どうする……？　勇者の素質はあるが、鍛え過ぎるのは危険か……？」

俺が過保護なのは前の世界での苦い経験があるからだが……それ以上に心配なのは、あまり強くなりすぎると調子に乗って魔王退治をしようと言い出しかねないことなんだよな。

おそらくこの世界の勇者として喚ばれているから、確実に俺より強くなるのは分かっている。

そしてこいつらは優しいので、もし戻るのに必要なかったとしても、『この世界のために魔王を倒そう』と言い出しかねない。

ただ、元の世界に戻るために魔王を倒すしかないとなれば四人で協力するべき、というのはある。

道中で戦うであろう幹部クラスは俺が何とかできても、魔王の強さは別格だと考えるのが普通だ。

俺も仲間が居てようやく倒せたわけだし、戦力は多い方がいい。

「……仕方ねえな」

そう呟いて、俺は風呂場を後にする。

風呂から出た後、三人に詰め寄られた。

だが、俺の葛藤《かっとう》が整理できていないため、もう少し考えさせてくれと伝えて就寝する。


――翌日。

俺の事情はともかく、先に進む必要があるので、出発するということをヴェロン王へ告げる。

「もう行くのか？　ゆっくりしてくれて構わないのだぞ」

「いえ、先を急ぎたいので早めに出発をしたいのですよ。世話になりました」

謁見を申し出て、ここを出ていくことを伝えると、残念そうにしつつもヴェロン王がそう応じてくれた。

「そうか……グランシア神聖国の聖女様なら、勇者の伝承について色々と教えてくれるはずだ。では今のうちに報酬を渡そう」

そこで俺の隣に立っていた夏那が、小声で話しかけてくる。

「報酬ってやっぱりお金かしら？」

「まあ、そうだな。装備なんかもあるけど、新調するにはまだ早い」

「旅をするならお金が大事ですよね」

水樹ちゃんもそう口を挟んできた。

そんな話をしていると、大臣らしき人物から金の入った袋を手渡された。

それを受け取るとヴェロン王が口を開く。

「我が兄の敵を討ち、ボルタニア国を魔族の脅威から守ってくれたこと、感謝する。金という俗なものしかなくて申し訳ないが、受け取ってほしい」

「ありがたく頂戴《ちょうだい》します」

「うむ。それと、旅の役に立つかと思い、こんなものを用意した」

そう言って大臣らしき男が持ってきたのは、テント一式らしい。

一応、俺達も持っていることを伝えると、布に魔法がかかっていて虫や犬などの生き物や比較的弱い魔物が近づけないらしい。

「ホント!?　それ凄く嬉しい！　……んですけど」

「夏那、テンション上がりすぎだろ？」

「喜んでもらえると嬉しい。それとこのブレスレットを」

ヴェロン王がそう言うと、今度はブレスレットが差し出された。俺は何か分からずヴェロン王に尋ねる。

「これは？」

「魔力を集中すれば魔法盾が発動する仕組みになっている魔道具だ。試しに誰かに軽く拳を打ってもらえるか」

人数分用意されていたブレスレットを装着した後、俺が軽く風太に拳を当てると、硬い感触を覚えた。

こりゃいいな。盾を持つと防御面は安心だが、視界が悪くなったり、単純に重かったりする。これなら弓や槍を使う女子二人でも防御面が上がり、攻撃の邪魔もしない。

「かなり高価な物なんじゃないですか？」

「我が国は魔道具の生産に力を入れているから、それほど高いものではない。ただ、過信しすぎないようにな」

「助かりますよ、ヴェロン王」

俺はヴェロン王に頭を下げる。

「ああ。それと、金庫の中身だが。王族の証と魔族との契約を記した紙が入っていた。無論、契約書は破棄しておいた。……王族の証を手にできて、ようやく兄貴に認められたみたいだったよ」

ヴェロン王は少し寂しそうに、首から下げた懐中時計《かいちゅうどけい》のようなものを撫でる。

しかしすぐに俺達に向き直ると小さく頭を下げて懇願《こんがん》するように言う。

「ここから南へ行けば魔族の脅威はさらに上がる。他の国が困難を極めているようなら助けてやってほしい、勇者達よ」

「……ええ、尽力しますよ」

「リク……」

俺が答えると、夏那が小声で呟いた。


そうして俺達はボルタニアの城を後にし、進路を南東のグランシア神聖国へ向けて出発する。

王都を出て背後の町が小さくなった頃、御者台で俺の隣に居る夏那が、口を開いた。

「ヴァルハンも安心したかしら？」

「多分な。そう思わないとやってられない。魔族はああやって汚い手を使って人間を操る」

俺がそう返すと水樹ちゃんがポツリと呟く。

「……でも、実際この国が魔族と契約したのは、人間の王様が我が子を殺そうとしたから、なんですよね……私からしたら人間の方が怖い生き物にも見えました……」

「気持ちは分かる。けどそれがまかり通るのが異世界だ。油断はできねえってことだけは覚えておいてくれ」

今回は上手くいった。だけど次も上手くいくとは限らない。

「やっぱり僕達も強くなっておいた方がいいかなあ」

「あ、そうだ！　あたし達を鍛える話、どうなったのよ！」

「おっと、やぶへびだったか。とりあえずそれについては聖女に会ってからだな。旅が続くなら鍛える。元の世界に帰れるなら帰る。それでいいな、夏那ちゃん？」

「わ、分かったわ……」

鍵はグランシア神聖国の聖女だ。そいつが何かを知っていればよいのだが……

それと魔王軍はなにをやっているのか……？　五十年も大規模な侵攻をしてこないということは、なにか理由がありそうだな。

「ま、なんにせよ今はヴァルハン達の冥福《めいふく》でも祈ってやろうぜ」

「そう、ですね」

俺がそう言うと水樹ちゃんが小さく頷いた。

この国は再スタートを切ったばかり。

強くなってほしいものだ。俺は一度だけ振り返り、そんなことを思うのだった――

第四章　グランシア神聖国

――リク達がいるボルタニア国から遥か南の地、ブラインドスモークと呼ばれる場所。

【人間どもの動向はどうか、グラッシ】

青い長髪の男が、不機嫌な顔で対面に座るグラッシと呼ばれた男に状況を確認する。

【相変わらず拮抗《きっこう》状態となっていますね。各地に散っている『高位種《ハイレート》』を集めた方がいいのでは？ハイアラート】

グラッシはそう言うと、不敵に笑みを浮かべながら紙の束を取り出す。

【こいつを】

グラッシが指ではじいた書類を、ハイアラートと呼ばれた男が手にする。彼は眉を顰《ひそ》めながらそれに目を通す。

二人の顔色は人間よりも血の気が少ないのか土気色《つちけいろ》に近い。さらに少し尖った耳が特徴的だ。

これらが示す答えは一つ、彼らはアキラスと同じ魔族である。

そしてここは魔族の住処である遥か南の島で、彼らはアキラスと同じ幹部だった。

【……この程度ならいいだろう。帝国は脅威だが、メルルーサのおかげでやつらは海へ出られん。神聖国とやらも沈黙を守っているなら、無理に寝た子を叩き起こすこともあるまい】

そう発言したハイアラートに対し、グラッシが訝しんで口を開く。

【全員を集めて一気に攻めればそれぞれの国を落とすのはたやすい。どうしてこんな回りくどいことをするのですかね？】

【滅ぼすのは簡単だが、それでは我らの食料が尽きてしまう。そう、少しずつ恐怖を与え、もっと負の感情と生贄が欲しい。それが魔王様の傷を癒すために必要なのだ】

【……承知。我らの民にも食事が必要といえばその通りか。ならもう少し遊ぶ、ということで】

【それでいい。勇者と戦い敗れた魔王様や我々が、復活できたのも運命だろう。ここには勇者は居ない、今がチャンスだ】

【らしいな。僕にその時の記憶はないから、君の話しか知らないけどね】

グラッシが眉を顰《ひそ》めて聞き返すと、ハイアラートは目を瞑って息を吐く。しばらく考えた後、彼は目を開いた。

【……そうだったな。いや、なんでもない。悪いが膠着状態を続けてくれ】

ハイアラートが書類を突っ返し、生かさず殺さずという方針を伝える。するとグラッシが口元に笑みを浮かべて先ほどの話題を口にする。

【そういえばこの世界には本当にもう勇者が居ないのかねえ？】

【あれで打ち止めならそういうことなのだろう】

【まあね。それにしても誰か一人くらい報告に戻ってもよさそうなものだけどねえ】

【まったくだ。特にアキラスは魔王様より直々に命を受けている。そろそろ一報を出すべきだろう】

魔王の配下である九人の『高位種《ハイレート》』はそれぞれが固有の力を持ち、非常に強力な幹部である。アキラスもその一人だった。

だが、強者故に我こそが最強だという高いプライドを持っているので、仲間意識は薄い。

手柄は全て自分のもので、他の者を出し抜き、主である魔王のために生きる。

ハイアラートはもう一枚差し出された書類を手に取り、目を向けながら口を開く。

【結果的に魔王様のためになればなんでもいいが……。定期報告はお前だけ。勝手にするのは常だが、報告がないと生きているか死んでいるかすら分からん。人間相手でも数が集まればこちらが殺《や》られることもある。それに……頭数が減っても、今の魔王様は新しく眷属《けんぞく》を創れない】

【ええ。僕ら八将軍も無敵ではないですしね。……さて、それじゃ僕はそろそろ行こうか。魔王様と城を頼むよ。ロウデン様は？】

【ああ。あの方は相変わらず研究だよ】

それを聞いてため息を吐くグラッシ。片手を上げながら背を向け、部屋から出て行く。

それを見送った後、しばらくしてハイアラートも部屋から出て暗い通路を進む。

城と言えば聞こえはいいが、実際には山と地面を削って作った天然の要塞《ようさい》に近い。

むき出しの岩肌に作られた通路を地下に向かって歩いていくと、洞窟のような場所には似つかわしくない、大仰《おおぎょう》な扉が目の前に現れる。

【魔王様、失礼いたします。お加減はいかがでしょうか――】

ハイアラートは声をかけながら、重苦しい扉を開けて部屋へ入っていく。

そこには濁った水がたっぷりと入ったガラスケースがあった。その中には醜《みにく》く崩れた人影が揺《た》蕩《ゆ》っていたが、それからの答えはない。

【……我々がもっと強ければこのような目に遭わせなかったものを……。もうしばらく辛抱《しんぼう》をしてください、必ずや完全な復活を――】

「……」

一瞬、水槽《すいそう》内の小柄な体がピクリと動く。が、それ以上ハイアラートの言葉に反応することはなかった。

【しかし解《げ》せん。私が気づいた時にはこの地に居た。魔王様が生きていたこともだが、死んだはずの同胞達が当然のように揃っていたのも――】

ハイアラートはその昔、勇者との戦いで瀕死の重傷を負い、魔王が倒されるところも目にしていた。そこから意識はなく、気づけばこの洞窟だった。

この五十年、彼は未だにそのことを不思議に考えており、ロウデンという魔族と共にこの地で研究と魔王の目覚めを待っていた。

【我ら魔族が世界を掌握するのは魔王様の悲願。早く、目覚めてほしいものだ】

ハイアラートはそう言って踵を返す。

魔王の部屋を出る前に一度だけ振り返るが、やはり反応を見せない。彼は首を振って扉を閉めた。

（この地へ……勇者を……連れてくるのだ……）

◆　◇　◆

――ボルタニア王都を出てから十日。

国境を越え、俺達はグランシア神聖国に足を踏み入れていた。

クリスタリオンの谷のように、どこの国の領地でもない場所というのはなかったので国境を越えればすぐだった。

「地図を見る限り、あまり大きい国じゃないみたいですね」

水樹ちゃんが荷台で地図を広げながら言う。そこで同じく休憩中の風太が口を開く。

「規模が小さいから神聖国の首都まで町もないみたいだ。これで国って言えるんだ……」

「この世界はどうか分からねえけど、国っていうよりも不可侵領域みたいなもんだと思うぜ」

「信者とかが集まってできた国なのかしらね。ああ、国が小さいから物資は近くの国から買うって感じかな？」

夏那の言葉に、俺は『そうだろうな』と頷く。

俺が居た世界では『聖女』という存在の希少性から、周りの国が援助をするって感じだった。

ただ、もう少し領土は大きく、農耕《のうこう》と畜産《ちくさん》で自給自足《じきゅうじそく》をし、村もいくつか存在していた。だがこっちは本当に町ひとつだけのようだ。

軽んじられているのか、そこで生活するのに問題ないのか、気になるところではある。

……ま、聖女なんてロクなもんじゃねえとは思うが――

「どうしたのリク、怖い顔になってるわよ」

「ん。そうか？　元々、こんな顔だと思うけどな」

「ほら」

夏那がポケットから手鏡を出して俺に向けると、目の前に陰気な顔をした男が映り込み、俺は肩を竦める。

「我ながら老けたもんだ」

『そういえば歳を取ったわよね』

リーチェが俺の頭の上に乗ってから意地悪く笑うが、特に反論の余地もないので素直に答えておく。

「前の世界で魔王を倒したのが二十二歳だっけ。……今は三十二歳だから、最後にお前が俺を見た時より確実に歳を食ってるよ」

「もし僕達だけで魔王を倒すとなるとそれくらいかかりそうですよね」

風太がそう言うと、水樹ちゃんが表情を暗くさせる。

「……実は戻る方法がなかったりして」

『あはは、ミズキ、それは冗談キツイってー』

リーチェが手をひらひらさせて笑うが、あり得ない話じゃあねえんだよな。

帰れないということが確定した場合ショックが大きいのであえて触れないようにしてきた。その答えは聖女が教えてくれると信じたい。

……のだが、三人は帰れない場合を考慮《こうりょ》しているようにも見える。だから三人共強くなりたいと言っているのか？　確かに昔の俺みたいに馬鹿じゃねえしな。

「もし戻れないってなったとしても、この世界で生きていくためには魔王は倒さないと、ってことよね」

「その時はお前達を神聖国へ置いて、俺だけ行ってサッと倒してくるけどな」

「ええ⁉　一人で倒せるものなんですか？　前も仲間が居たって言ってませんでしたっ……け……」

風太が身を乗り出して聞いてくるが最後は歯切れが悪かった。その答えは息を詰まらせた水樹ちゃんが発した言葉で知ることになる。

「リクさん、また怖い顔に……ううん、悲しい、のかな？」

「っと、ちょっと考えごとをしていた、すまねえ。まあ魔王のことはまだ先の話だ、とりあえず聖女とやらの話を聞かないことにはな」

俺はその話を濁すが、神妙な顔で風太が食い下がってくる。

「やっぱり厳しい戦いだったんですか？」

「ふむ……」

「どしたの？　お腹痛い？」

夏那が少しからかい気味に聞いてくる。

「そんなわけあるか。まあ、そんなに聞きたいなら少しだけ話をしてもいい」

「本当ですか⁉」

まあ、怖がらせるにはいいかと思い、俺は少しだけ前の話をすることにした。

「だが、タダでとはいかねえぞ？　ハリソン達も頑張ってくれたし、今日はここで野営だ。今日の飯は期待しているぜ？」

俺がそう言うと、三人は顔を見合わせた。すぐに意味が分かったらしく笑顔で頷いた。

「「「分かりました！」」」

「夏那ちゃんには待望のキャンプだ。ヴェロン王にもらったテントを使ってみようぜ」

「待望って……でも、そうね！　虫よけ効果を知りたいからもうちょっと森の方へ行かない？」

「お料理も練習しないとね、夏那ちゃんの料理、大雑把《おおざっぱ》すぎるもん」

「えぇー……」

『ミズキが作ってよー』

確かに水樹ちゃんの方が料理は上手いので、リーチェの言い分はもっともだ。しかし、俺はあえて言う。

「今日の料理当番は夏那ちゃんだな」

「くっ……必ず美味しいって言わせてやる！」

そんな様子を見て苦笑する俺達。

夏那の希望通り森の中へ馬車を進ませると、ちょうど暗くなってきた。

馬車を止め、野営の準備を始める。

夏那は得意の火魔法で焚火を熾し、水樹ちゃんが魔法でバケツへ水を注いでいく。

こういった役割分担を言葉を交わさずにサッとできるのは、友人同士って感じでいいな。

「テントはこんな感じでいいかな？　ふうん、確かになにか魔力が感じられるかも」

「お、手慣れてきたな風太も」

風太は風魔法に適性がある。けど、生活面で活躍する機会は意外と少ない。だから、こういった雑用や力仕事で役に立つよう行動している。

「……」

そんな彼らを無言で眺めていると、リーチェが近くにやってきた。

『どうしたのよ、変な顔して』

「いつもの顔だろ？　……いや、なんか懐かしいなって思ってよ」

「それって前の世界のこと？」

夏那が肉にスパイスをかけながら、ハリソンに背を預けて座っている俺に尋ねてきた。

「まあな。飯時にでも、少し話してやる」

「オッケー♪　えっと、スープを作るのは塩と鶏ガラを――」

「ソアラさんとハリソンさんにもお食事持ってきましたよ」

水樹ちゃんの言葉に二頭が『いただきます』と言った感じで小さく鳴き、立ち上がって餌を食べ出した。

「――よし、できたわよ！」

『お腹すいたー』

やがて夏那の料理が完成し、俺は食器を収納魔法から取り出して盛り付ける。

「お、いい感じだな」

「でしょー？　野菜スープは気合を入れたわ」

「野菜、切れてないのがあるけど……」

「食べられるから大丈夫だって！」

だから大雑把だってと、水樹ちゃんに呆れられていた。とはいえ、旅に出た一か月前くらいに比べたら味はかなり調《ととの》ってきたなと思う。

「くっく……」

「なによ？」

「いや、肉を焦がしていた少し前が懐かしいなって。水樹ちゃんに感謝だな」

「へへ、やればできるのよ！」

胸を張る夏那に、ニヤニヤしながらリーチェが口を開く。

『ホント、上手くなったよね。あ、ニンジン食べないならもらうわよ、カナ』

「あ、こらリーチェ！」

と、いつも通り賑やかな食事風景。この辺りは魔物も出ないようで、穏やかなものだった。

そんな晩飯を楽しんでいると、風太が水を飲み干してから口を開いた。

「リクさん、聞いてもいいですか？」

「……ま、約束したからな」

すると夏那がぐいっと身を乗り出してくる。

「前の世界でも、あたし達みたいにパーティを組んで旅をしていたのよね？」

「ああ。仲間の詳しい話は割愛《かつあい》するぞ。で、魔王との戦いだったな――」

俺は魔王との戦いがいかに激しくきつかったかを語る。

魔王の下へ辿り着くための旅は、こんなにのほほんと飯を食う時間すらなかったこと。あの場に居た仲間は俺を除いて全員死んだことなど。

最終的に向こうが不意打ちのような形で攻めてきたから被害が大きかったのもあるが、『埋葬儀礼《リチュアル》』を持った全力の俺でも勝てるかどうかは五分で、奴の急所に一撃を入れた時はすでに左目と左腕が潰されていたことを。

「ま、マジで……？」

「そうだぞ、夏那ちゃん。元の世界に戻った時点で記憶以外はリセットされたからこの通りピンピンしてるがな……俺はたまたま帰れたが、今回は帰れない可能性もある。だからお前達にそうなってほしくないんだよ」

正直な俺の気持ちを吐露して前を向くと、水樹ちゃんが心配そうな顔で口を開く。

「凄く苦労したんですね……召喚された時、もし私達だけだったらどうなっていたか分からないし、本当にありがとうございます」

「気にしなくていいって。だから一度こういう状況をクリアしている俺に任せてくれりゃいいのさ。勇者が居ると知られればおそらく魔族は一斉に動き出す」

魔王はいわば魔族にとっての親だ。勇者が魔王を討伐しようとしているとなれば、魔王を守るために攻撃してくるだろう。

どうして急に人間を滅ぼしたいと思ったのかを、あの時の魔王に聞きそびれたのが心残りだ。あの状況じゃ話をする余裕はなかったが……

この世界の魔王がどんな奴でなにを考えているか分からねえが、どうせロクでもない存在だろう。

「アキラスみたいな奴はいたの？」

「ああ、幹部クラスは六人いた。プライドが高く、仲間意識がない奴らばかりだったな。ただ、強さは本物で、正直なところ、個別に撃破できたのは大きかったぜ。協力して襲いかかってきていたらと思うとぞっとする」

「リクさんがそこまで言うなんて……」

特に魔王に次ぐ幹部はかなり強かった。他にも近接戦闘だけなら魔王に匹敵する奴なども居た。

そんなことを考えていると風太が『そういえば』と、俺に質問を投げかけてきた。

「リクさんって、どういう経緯で前の世界に喚ばれたんですか？　下校中にいきなり召喚されたのは聞きましたけど、向こうの世界も魔族が急に現れた、とか？」

「いや、あの世界の魔族は、元々存在してた種族の一つだったぜ。交流はそれほどなかったみたいだが、独自の生活をしていたらしい。それが急に宣戦布告をしてきてあちこちを襲い出したから、協力をしてくれってことで召喚された。本当ならお前達もそういう風に――」

と、そこで違和感を覚える。

そういえばアキラスは『風太と夏那』を勇者だと言っていて、俺と水樹ちゃんは巻き込まれた形だ。

魔族でも召喚ができるかどうかはさておき、どうやって『当たり』をつけたんだ？　適当に召喚したなら二人だけをそう認識するはずもなく、四人共勇者と思わなきゃおかしい。

考え込む俺に、風太が首を傾げる。

「リクさん？　気になることでも？」

「……ん。なんでもねえ。ま、そういうことで魔王戦は命の危険がある。だから出くわす前に元の世界に帰れればいいと考えているんだ」

「……」

「そう、ね」

俯く水樹ちゃんと青い顔で返事をする夏那。これでさっさと元の世界に帰るという方向に考えをシフトしてくれるといいんだが。

しかしそれでも、戻れなかった時を考えて鍛えることも考慮した方がいいというジレンマ。

鍵は聖女か……前の世界のあいつと同じで色々な知識があるといいが……そう思いながら、夜が更けていった。


――それからさらに数日、俺達は所々でキャンプをしながらも先を急いでいた。

「あー、お風呂入りたい……水樹、まだなの？」

「この街道をもう少し進んだら到着のはずよ」

俺が過去の話をした翌日以降、三人共悲愴感みたいなものはなかった。ちょっと脅かし過ぎたと思っていたので、切り替えてくれたのはありがたいと思う。

「あ、多分あれだ。見えたよ、水樹、夏那！　って、これは……」

「他に町はないって話だったけど、確かにこれなら必要ないかもしれませんね……!?」

遠目からでも確認できる距離までグランシア神聖国の首都に近づいてきた。そこで風太と水樹ちゃんが言葉を詰まらせ、俺もちょっと驚いていた。

確かに国としての領地は小さく、ここの他に町はないという珍しい国だが、代わりに聖女が居るこの場所の規模がやけに大きいことが分かったからだ。

東京タワーみたいに高く聳《そび》え立つ城に、何キロか先まで伸びている町の外壁がそれを物語っている。

王都として考えた場合、先に見た三国より確実に広い。そして町からいくつかの道が伸びているので、販路や交易の導線《どうせん》もきちんとできているみたいだな。

「聖女様ってやっぱりキレイだったりするのよね、ちょっと楽しみかも？」

「お城もキレイだし、やっぱりそうなんじゃないかな？」

「前の世界には居たんですか？」

三人に口々に問われ、俺は前の世界の聖女のことを思い出しつつ答える。

「……居た。美人というより可愛い顔立ちだったぜ。か……ああ、なんでもない」

「『か』ってなによ」

……夏那に似ていた、と言いそうになって危なかった。

性格は全然似てないのだが、顔立ちと雰囲気はそれっぽかったなと思い返す。

そこから町へ入るための門へ到着すると、門番に声をかけられた。

「止まれ。冒険者か？　ギルドカードは？」

よくある質問を受ける。兜《かぶと》のバイザーを上げて尋ねてくる門番に、手を振って返す。

「カードは持ってねえ。ただの旅行者だ」

「このご時世で旅行とは……ん？　なんだ？」

「おい、四人で馬車だぞ。……男女……もしかして彼らは――」

門番の一人が俺達を一瞥した後、もう一人に耳打ちを始めた。すると最初に声をかけてきた男が目を見開き、慌てて取り繕《つくろ》ってきた。

「……もしかして勇者様ご一行、ですか？」

「え⁉　な、なんでそれを……痛っ⁉」

迂闊《うかつ》な風太の頭を小突いてから俺は門番に質問をする。

「なんでそれを知っている？　聖女が言ったのか？」

「え、ええ。近く、若い三人の男女を連れたおっさんが来る、と。それは勇者の一行だから神殿へ連れてくるように言われていました」

「おっさんは余計なお世話だ」

おそらく予言だか予知だかだろう。こっちの動きを把握していたらしい。

ふん、エピカリスに貰った紹介状を出す手間が省けたみたいだな？

とりあえず歓迎してくれるなら願ってもない。俺達は門番の案内に従って遠くから見えたあの背の高い建物……神殿へと向かうことにした。

◆　◇　◆

活気のある町の中をゆっくりと進み、中心にある神殿へと到着した。入り口からここに来るまでかなり距離があり、外から見た時に感じたたように、とても広い町であることが分かった。

馬車を脇に止めて入り口に足を踏み入れたところで、門番が振り返った。

「ここからは別の者に頼むので呼んできます。ここで少々お待ちください」

そう言って門番が奥へ走っていく。そこで周囲を見ながら夏那が口を開く。

「外観も凄かったけど中も凄いわね」

「床も磨かれたみたいに光ってるし、マンガに出てくるお姫様のお城みたい……」

水樹ちゃんも感嘆の声を上げる。実際、国が小さい割に他の城と遜色《そんしょく》ない豪華な作りではあるよな。

そのまま大人しく待っていると、奥から白いローブを着た美人が五人、歩いてくるのが見えた。もちろん、さっきの門番も居る。

「では、ここからは彼女達についていってください。私はこれで」

「ああ、サンキュー。助かったぜ」

門番はここで退場。入れ替わりに美人な女性が微笑みながら話しかけてくる。

「お待ちしておりました。ロカリス国で召喚された勇者様。パーティのリーダーはあなたでよろしいですか？　一番の年長者だとお見受けします」

「その認識で間違いないぜ、俺はリクだ」

「私はフェリスと申します」

俺が握手をしながら挨拶をし、続けて風太、夏那、水樹ちゃんが自己紹介をしながら握手をする。

ではこちらへと言いフェリスが歩き出すと、水樹ちゃんがその背中に声をかけた。

「あの……聖女様ですか？」

「え？　いいえ、違いますよ？　どうしてそんなことを？」

「そ、そうなんですか？　凄く美人でびっくりしちゃいました……」

「あ、ありがとうございます……」

エピカリスやエラトリアの姫さん二人も美人だったが、フェリスも負けないほどの容姿をしていると俺も思う。

長い霞色《かすみいろ》の髪に神官のようなローブがよく似合う。スタイルも中々いい。

「……どこを見てるのよ」

そんなことを思っていると夏那に睨まれる。

「さあな？」

「でも水樹の言う通り、本当に美人だよ」

風太は握手する時に顔を赤くしていたが、惚れっぽいとかじゃないだろうな？　というか入り口のやり取りについて説教せにゃならん。

とりあえず肩を叩いてくる夏那を牽制しつつ、彼女達について行くと、神殿の中央付近だと思われる扉の前で立ち止まる。

「こちらに聖女様が居ます。あなた達が来るのを待っておりました」

「あたし達が来るのを知っていたってのが驚きだけど……どうして分かるんですか？」

「それはご自身で聖女様へお尋ねくださいませ」

フェリスが微笑みながら扉に手をかけてゆっくりと開く。

俺達が先に中へ入り歩いていくと、奥の方に薄いレースのようなカーテンが見えた。

その向こうには玉座のような椅子の影もある。

俺達は赤い絨毯《じゅうたん》を踏んで歩いていき、中ほどまで歩いたところでフェリスに止まれと言われた。

立ち止まったところで玉座の方から人影が現れてカーテンの前まで歩いてきた。

その影を見た水樹ちゃんと夏那が小声で話し始める。

「小柄、ですね」

「ゲームとかだと小さい子が聖女だったりするし、そういうのじゃない？」

「シッ、二人共静かに。出てくるよ」

そんな二人を風太が、口に指を当てて窘める。

そして案内してくれた女性達の内二人が左右のカーテンを開けると——

「よく来てくれた。わしの名はメイディ。このグランシア神聖国で聖女の役を担っておる」

「え？」

「おばあ、さん……？」

目の前に現れたのは六十か七十歳くらいの、杖をついた婆《ばあ》さんだった。

夏那と水樹ちゃんが、思わず声を上げる。俺も度肝を抜かれて目を丸くしてしまう。

そんな困惑する俺達に、婆さんは片目を細めて言う。

「なんじゃ、不服か娘達？」

「そ、そういうわけじゃ……ちょっとびっくりしちゃって……いえ、しまして……」

夏那が珍しく冷や汗をかきながら丁寧に返す。

聖女は何歳まで、みたいな話は聞いたことがねえから、こういうこともあるだろう。

それはそれとして、俺は片手を胸に当ててお辞儀をし、自己紹介をする。

「初めましてメイディ様。俺は勇者達の保護者で、リクと言います」

「うむ。ここまでよく来てくれた。まずは三つの国を救ってくれたこと、礼を言う」

俺の隣では、風太も頭を下げていた。

「初めまして、僕は風太と言います。……僕達が勇者だということと、国を救ったことをご存じみたいですが、一体どうやって……？」

風太が当然の疑問を投げかける、聞きたいことは山ほどあるからここは長丁場になりそうだぜ。

そう思っていると、聖女メイディが静かに口を開く。

「ふむ。では、お前さん達の疑問に答える、ということで進めるがいいか？」

「それでお願いしたい。俺達の方が分からねえことが多いし、こっちから質問攻めをさせてもらうぜ」

「お手柔らかにのう。あ、料金は時価じゃよ」

「お茶目さん……!?」

「そういうのは相手にしなくていいぜ、夏那ちゃん」

身体をくねらせてウインクをしてくる婆さん聖女に戦慄する夏那。こういう人間は『食えない』のでいちいち反応していると、相手のペースに持って行かれる。

向こうの世界だと……師匠がいい例だな。あいつほど食えない人間は居なかった。

それはともかく、俺はいくつか聞きたいことをまとめていたので、メモを取り出してから口を開く。

「まずは勇者召喚の儀式についてだ。エピカリスの話だとあまり一般には知られていないってことだが、なんで魔族がそれをできるか知っているか？」

「まず気になるのはそこか」

「俺達が選ばれた理由は、後からでいいしな」

俺が不敵に笑うと、メイディ婆さんもニヤリと口元に笑みを浮かべる。分かっているってところだろう。

「勇者召喚の話は確かにメジャーではない。よほどのことがない限り、召喚は起きないからじゃ」

「どういうことです？」

婆さんの説明に、風太が首を傾げる。

「うむ。勇者召喚で異世界の人間をこの世界へ喚ぶ。それはすなわち、この世の理を崩すことに他ならない。未知の病気を運んでくることもあれば、喚ばれた人間の性格によっては、逆に世界が危機に陥ることになるかもしれん」

「あ、そっか……例えばリクが悪い人だったら国を奪うこともできちゃうんだ」

夏那の言う通り、過ぎた力は身を亡ぼすどころか世界を破壊しかねない。

勇者召喚は『魔王を倒せる人間を呼べる』わけで、イコールその世界で最強の存在になる。魔王を倒して自分が魔王のような存在になることも……できるわけだ。

「だから国の一大事や、今もいくつかの国を支配しようとしている魔王達のように『手に負えない存在』をどうにかしてほしいということを真に願った場合、世界が召喚に応じると言われておる」

「でも、魔族だったアキラスにとって魔王は仲間だし、ロカリス国はアキラスが自分で一大事にしたから、召喚に応じるとは思えないんですけど……」

水樹ちゃんが困惑したように呟く。

が、俺にはなんとなく答えが見えた気がしたので誰にともなく考えたことを口にする。

「だからエピカリスの身体に憑依したってことか……。案外アキラスの奴は適当にやっていたわけじゃねえな」

「どういうこと？」

夏那が首を傾げたので、俺は説明する。

「エピカリスが憑りつかれることで『国の一大事』になるだろ？　それが世界に願うための『餌』として機能するんだ。あとは召喚の儀式を行えば、異世界人がこっちへ連れて来られる。儀式を行うのはアキラスだが、自分の身体をいいように使われて国を弄《もてあそ》ばれているエピカリスが願うって寸法だ」

「詳しいことは分からんが、リクの言う通りじゃろう。魔族が勇者召喚をできた理由は、心と身体を上手く切り離して願ったからと考えていい」

そう考えると、アキラスはいいところまで計画を進めていたように思う。俺が暗躍しなければ、風太達という勇者を使って他国を侵略するつもりだったのだから。

奴の失敗は同クラスの魔族を連れていなかったことだろう。だから俺を止めることができなかった。

もしくは俺達を召喚する前にエラトリア王国をもっと弱体化させておけば、魔族化した人間を使って混乱を起こせたはず。人間を舐めて悠長《ゆうちょう》に遊び過ぎた代償《だいしょう》が、自らの死だったのは仕方ない。

「勇者召喚についてはそれで納得がいくな。助かる。次は勇者の選定について知っていることを頼む。アキラスのヤツは風太と夏那だけを勇者と認識して、俺と水樹ちゃんは『役立たず』だと言っていた。だが、実際は俺にも水樹ちゃんにも力がある。その齟齬《そご》はどう判断できる？」

「ふむ……」

俺が質問を投げかけると、婆さんはこっちの目をじっと見てくる。

探りを入れる……いや、言っていいものかどうか迷っている、って感じか？　言いにくいことのようだが、今更だし聞かせてもらおうか。

「ハッキリ言ってくれ、こいつらに聞かせるのが困るなら、あとで俺だけ聞いてもいい」

俺がそう言うと、夏那が声を上げた。

「それはダメよ！　あたし達も聞く権利があるわ。なんせ召喚された勇者なんだし」

「うん、僕も夏那の意見に賛成です、リクさん」

「わ、私も……」

風太と水樹ちゃんもそう言うので、俺は三人を見た後、婆さんに目配せをすると小さく頷いた。

そして婆さんは指を二本立てて、胸の前まで上げた後、口を開く。

「……考えられる原因は二つ。本来、呼ばれた人間が全員勇者なのに勘違いしたパターン。もう一つは……本当に一組の男女を勇者として迎えたはずなのに、おまけでついてきたパターンじゃ」

「二つ目だと選定ができたってことになるけど……どうやって僕と夏那に行き当たったんだろう」

「それはわしにも分からないのう。わしとしては『全員勇者』説を推したい」

……とりあえず当たり障りのない話になったな？　実は三つめのパターンもあるのに隠しているのか、気づいていないのか？

そう思っていると、婆さんが『もう一つ』と俺を指さして言う。

「魔族連中は五十年前……わしがまだピチピチの十代だった頃、別世界からやってきた存在じゃ。奴ら自身が召喚されたみたいなものじゃから、勇者召喚について知識があったのかもしれないのう」

「そういえば魔王も別世界から来たそうですね。となると、さらに僕達を知っているとは思えませんけど……」

風太がそう言って夏那達も『そうよね』と頷いていた。

そこで俺は背筋に冷たいものが走っていた。無意識に考えないようにしていたのかもしれないとも思う。

まさかとは思うが『俺が元勇者』だから？　召喚に巻き込まれたのは俺と水樹ちゃんじゃなくて、風太達三人だったら――

「リクさん、リクさん！」

「お!?　あ、ああ、なんだ、水樹ちゃん？」

「また怖い顔をしていましたけど、大丈夫ですか？」

「そうか……？　すまない。それじゃ次、いいか？」

「わしがピチピチじゃった頃の話か？」

「それは興味ない」

メイディ婆さんが明らかに不機嫌な顔になったが、付き合っていられないので俺は次の質問へ移る。

とりあえず俺か高校生達のどちらが本命だったかは置いておこう。この流れだと混乱させちまう可能性が高いからな。

「さて、それじゃあ単刀直入に聞こう。魔王を倒す以外で元の世界へ戻る方法はあるか？」

「ま、そう来るじゃろうと思ったわい。先に言っておくと、現時点で帰る方法は……ない」

「……」

「そ、そう、なんだ……」

婆さんの答えを聞いて、風太は黙り、夏那はショックを受けたように小さく呟いた。

「やっぱり魔王討伐と引き換えに？」

水樹ちゃんが凛とした顔で聞くが、それはおそらくノーだと思う。

魔王討伐が条件なら『魔王以外の脅威で危機が生じて召喚された』場合、帰る方法がないということになるからな。

その問いに、メイディ婆さんは首を横に振りつつ答える。

「慌てるな。現時点では、ということだから、ないとも言えん。そもそも、勇者召喚が行われたのは歴史を見てもそれほど多くないしのう」

「その言い方ですと、今までに召喚された人がいる、ということで間違いないですね？」

「そうじゃ、フウタ。だが、召喚された者がこの地に残ったという話もあれば、元の世界に帰ったという話もある。勇者の最後はどれも曖昧《あいまい》で、わしもどうなったかまでは知らないのじゃよ」

「なるほどね、どうにか帰った人も居るかもってことか。……なにか装備や道具が残されていたりしないの？　もしくは勇者が活躍した地、みたいな話ってないの？」

夏那がいい質問する。

過去に召喚があったのなら、少なからずそういう話が残っていてもおかしくない。勇者に助けられた子孫がいる、そんな土地があれば話が聞けるかもしれない。

「……知っておる。が、わしとしては魔王を倒してほしいからそれを教えるわけにはいかんのだ、すまないのう」

「そりゃないぜ、婆さん。俺達がここに来たのはそれを聞くためみたいなもんだ。魔族の企みでこっちに来たわけだしな」

「それはお前さん達が帰った後、別の人間を召喚しろということでええかの？　ふん、自分さえよければそれでいいのじゃな？　他の人間が喚ばれて苦労するのは構わんと！　あーあ、勇者が聞いて呆れるわい」

「う……」

メイディ婆さんがつまらないことを口にしやがる。そのせいで風太達が苦い顔をした。まあ、その通りではあるが、そっちの都合を押し付けられても困る。

「それはそれ、これはこれだ。他に承諾《しょうだく》する奴が居るかもしれねえから、そいつに頼めばいいだろ」

「……面白くない男じゃ。少しは罪悪感を持ってもよかろうに」

「聖女の言うことじゃねえだろ？」

「ふん、なら話はここまでじゃ。フェリス、こやつらを部屋に案内してやれ。わしは疲れた」

そう言って婆さんはカーテンを閉めて奥へと引っ込んでいき、代わりにフェリスが俺達の前へ出てきて口を開く。

「かしこまりましたメイディ様。さ、皆様、行きましょう」

「おい、まだ話は終わってねえぞ」

（後でお前にだけ話がある。今は引け）

「……！　チッ、仕方ねえ……」

頭に婆さんの声が響き、カーテン越しに首だけ振り返っているのが見えた。聖女の力で俺にだけ語りかけているようだ。

俺は舌打ちをしながら、フェリスの指示に従って客室へと足を運ぶ。

そして部屋に入るなり、夏那に怒鳴りつけられる。

「もう、リクのせいでへそ曲げちゃったじゃない。他にも聞きたいことがあったんでしょ？　あたしもあったのに」

「悪いな。売り言葉に買い言葉ってやつだ」

一方で水樹ちゃんは落ち込んだ様子だ。

「でも、聖女様の言っていることも確かにそうなんですよね……私達が帰った後、他の人が喚ばれたら、今度はその人達が魔王と戦う羽目《はめ》になるもの……」

「……本来はこの世界の人間で事態の収拾をすべきなんだが――」

と、俺はここでふと魔族達のことを思い返す。

そういえばあいつらも五十年前にここに来たって話だったたな……まさかとは思うが……

「……だとしたら婆さんの態度も分からんでもねえ」

「なにか気になることが？」

「だな。風太達が喚ばれた理由はなんだ？」

「えっと、魔王を倒すため？　アキラスがあたし達を洗脳しようとしていた、というのもあるかしら……」

「いや、最初のことで合っているぜ。その魔王はどこから来た？」

「それはどこか別のところ、でしたっけ？」

水樹ちゃんが答えたので、俺はそうだと腕を組んで口を開く。

「当たりだ。で、勇者は別の世界から召喚した人間で、力があると言われている。キーワードは『別世界』。これで思い当たることは？」

「……あ⁉　も、もしかして、魔族もこの世界の人達じゃ太刀打ちが難しい、かなり強力な存在ってこと⁉」

夏那が驚愕した表情で正解を口にした。

そう、エラトリアの騎士達がアキラス相手に苦戦していたのは記憶に新しい。俺が居た世界では、魔族は元から居る存在だったので、人間は対等にやりあえてはいた。

しかしこっちの世界の人間では、本気を出した魔族――異世界からの侵略者――に対して力が及ばない可能性があるってことだ。

そういうことであれば婆さんがなんとかしてほしいと言っていることも分かる。

……交渉、してみるか？

◆◇◆

風太達との話が終わった後、俺は考えたいことがあると告げて部屋に一人でいた。

ちなみに男女別で部屋を借りた。ただ俺は個室が欲しかったので風太とは別にした。リーチェは俺の部屋に来ている。

「……」

とりあえず俺はベッドに寝転がると、天井を見ながら先ほどのことを考える。

勇者と同じく別世界から来た魔族の力は、俺の想像を超えている可能性が高い。

敵側にも勇者がいるようなものだ。となると、この世界は俺が行った世界よりかなり厳しい状況だろう。

「しかも数が多いときたもんだ」

前の世界では、異世界人はほぼ単体で呼ばれるものだったらしいが、この世界は違うようだな。

例えば漫画なんかでよくある学校のクラス全員が召喚されるなんてことなら、物凄く簡単にケリがつけられそうだ。しかし、前の世界で一緒に旅をした聖女のイリスの話だと、それには複雑なプロセスが必要らしかった。

つまり、一人で召喚された前の世界での俺に比べたら、風太、夏那、水樹、俺の四人がここに居るのは、かなり優遇されていると言っていい。戦力が多いというのはもちろんのこと、幼馴染と冒険できるのは心強いだろう。

俺が本格的にレクチャーをしたのは水樹ちゃんだけだが、彼女には魔法のセンスはあった。プラヴァスの話だと、風太と夏那の戦闘レベルはそれなりに高いとも聞いているから、鍛え上げれば魔王打倒はおそらく容易《たやす》い。

「いやいや……やめとこうぜ、俺。あいつらを無事に元の世界に帰す。それだけ考えてりゃいい」

「リク様。今、よろしいでしょうか？　メイディ様がお呼びです」

俺が上半身を起こして頭を振っていると、不意にドアがノックされた。すぐに外からフェリスの声が聞こえてくる。

リーチェをポケットにしまってから、ベッドから降りてドアを開ける。他に誰も居ないことを確認してから無言で頷き、案内をお願いした。

「……魔王と戦うことは難しいでしょうか？」

廊下を少し進んだところで、フェリスがポツリと呟いた。こいつもメイディ婆さんと同じ考えか。

「さあな。気の毒だとは思うが、こっちにも事情があるからな。それに――」

「それに？」

「あ、いや、お前さんに言っても仕方ねえ。で、婆さんは？」

「……こちらです」

少し不満気な雰囲気を出しながら再び背中を向けるフェリス。事情があるのはお互い様だから特に気にせず廊下を歩く。

そして神殿の一番奥、他とは様相の違う扉の前でフェリスが声をかけた。

「メイディ様、お連れしました」

「うむ、リクだけ入ってきておくれ」

「私もご一緒したいのですが……」

「いや、ここは二人だけで話し合いをしたい。お主は外してくれ」

「……承知しました」

部屋の扉を開けて俺を入れた後、ゆっくりと扉を閉めるフェリス。

直前でチラリと振り返ると、魔王に関する俺の返答に彼女は納得がいっていないようだった。

悪いとは思うが、物事を天秤《てんびん》にかけた場合、自分にとっての最良を選ぶのが正しいことだと俺は思っている。それが今回は三人の安全だった、それだけだ。

「さて、これでゆっくり話ができる。わしの声、届いていたな？」

「ああ、二人だけで話をしたいってな。用件は？」

俺は豪華なテーブルセットの椅子に腰かけて、早速用件を尋ねることにする。

俺の用件……というか言いたいことは後からで問題ない。むしろ相手の出方を窺ってからの方がやりやすいからな。

婆さんは俺の言葉に頷くと、手を前に組んでから口を開く。

「すまんな。こちらの事情を押し付けても仕方がないというのに」

「ま、人間だからこそはお互い様だ。だけど、召喚した人間が悪人だと、第二の魔王になることもある。だから召喚に頼るのはよくねえと思うぜ、俺は」

先ほどの婆さんとの口論の結果は、正直なにが正しいのかは分からない。

俺の立場から言えるのは、こっちの都合お構いなしに喚ばれても困るというものだが、婆さん達からすれば俺達は最後の拠り所《よどころ》。そう思えばさっきの言い分も理解できないわけじゃない。

ただ、喚ばれた方にとっては迷惑であることは明確である。

「……先ほどの話の続きじゃ。おそらく四人の中でお主が一番強いと判断して依頼する。魔族と魔王の討伐を請け負ってくれんか？」

「ロカリスやエラトリアは魔族にやられていたが、そこまで悲観的になるほど荒廃していなかった。……まあ、エピカリスがあのままなら危なかったけどよ。しかしアキラスのように個別に動くのが魔族だ。余裕とはいかないだろうが、勇者に頼らずとも、この世界の人間の戦力を集めて、倒すことができるんじゃないのか？」

「言いたいことは分かる。実際、わしの予知でロカリスが助かるのは分かっておった。それはお主達がなんとかしてくれると出ていたからな」

「……それで助けに来なかったのか」

婆さんの話だとアキラスが討伐されることが分かっていたらしい。

じゃあその前は、と言いたいところだが、予知は自分でやるわけじゃなくて突然脳裏に浮かんでくる程度のものだとのこと。

で、本題はここから。

ここ、グランシア神聖国から北寄りの地域は、南に比べて比較的侵略が少ない地域とのこと。

俺達が通ってきた三つの国だな。

しかし、南の地域は滅ぼされた国があるほど大変らしい。

そしてギルドマスターのダグラスが言っていた通り、魔王の居る場所は海の上にある島で、難攻不落だそうだ。事実、各国が協力して船を出したが辿り着く前に沈められてしまったという。

「――そして魔族は南の国を攻め落としてから、島とそこを拠点に活動をし始めたのじゃ。お主の言う通り、力が強い魔族はプライドが高く、単独で功績を上げようとするから各個撃破はやろうと思えば可能じゃ。だが、やはりその強者に対して、一国だけでは手に余るのじゃ。国同士が協力するにしても、どこを攻撃してくるか分からんから戦力を集めにくい」

手薄になった国を攻撃される可能性を考慮し、そう簡単に手は組めないのだと婆さんは言う。

「特に空を飛ぶ相手には、魔法以外に攻撃する手段がない。人間を誘拐しては食らっておるとも聞く。生かさず殺さずといった状態じゃが、明らかに人間側が不利なのは明白じゃ……」

飛べる相手は広範囲の魔法を空から地上にぶつけてくるから被害が甚大《じんだい》だという。

確かに飛んでいる魔族は、俺もアキラスと戦った時そうしたように、フック付きロープのような小道具を用意しないと倒せないので面倒だと思う。

「しかし、単独で力のある魔族を倒したお主なら、暗躍している者を倒すこともできよう。頼む、力を貸してくれんか？」

「……その前に今度はこっちの質問を聞いてくれ。元の世界に帰れる方法を婆さんは本当に知らないのか？　もし……もし分かるのであればあの三人だけでも帰してほしい。で、俺は残る」

「それはなぜじゃ？　見たところ鍛えればモノになる三人。数が多い方が有利ではないか……？」

「それは――」

俺は、『実は一度別の世界に喚ばれたことがあるのだ』と話す。そして、そこでの辛く苦しい思い出を、婆さんに一通り語る。

大切な仲間とは死別し、しかもそのうちの一人は自ら手にかけた。そんな心が壊れるような体験だ。

……あの三人には同じ目に遭ってほしくない、そう話すと婆さんは突然涙を流し始める。

「……なるほどのう……同郷で、さらに平和ならそうなるか……」

「泣くなよ、婆さん。今更だ」

「うむ……しかし、お主の生き様《いざま》はあまりにも……」

「今となっちゃあれはあれで、経験できてよかったんだ。だから今回も切り抜けられている。で、どうだ？　帰還方法、あるのか？」

「正直に話すぞ。……本当にわしは知らん。が、さっきも言ったように勇者……異世界人がこの世界に来たことはある。そして、その後どうなったのかは不明。じゃが、この神殿には歴史を記す書庫がある、もしかしたら――」

「異世界人についてなにか記載があるかもしれないってことか」

なにか手がかりでもあればと、俺は顎に手を当てて考える。

どちらにせよここで手をこまねいている訳にもいかねえし、手分けして探してみるのはアリだな……そう考えていると今度は、婆さんの興味深い身の上話を聞くことになった――

◆　◇　◆

――Side：風太――

夏那や水樹とは別に部屋を用意してもらい、リクさんも一人で考えたいことがあるらしく別々になった。

それについて異論はないんだけど……

「リクさんが心配だな……」

僕は一人、考えごとをしながら筋トレをしていた。

ここに来るまで、彼には随分助けられた。

召喚されてからずっと、戦いは全てリクさんが行い、今、ここに居る。

口は悪いし、この世界のことは現地人がやるべきなんて言いながら、結局助けるのだ。

彼が優しいというのは、他人の僕達をずっと気にかけてくれていることでもよく分かる。

……過去の異世界で幸い経験が僕達に戦いをさせたくない理由だと思う。

僕は確かに喧嘩《けんか》とか争いごとは苦手だし、できればやりたくない。

だけど、それに甘んじていいのかとずっと考えている。

魔族は強力で現地人には荷が重いかもしれない……。そうなると僕達が居なくなった後、この世界は、人はどうなってしまうのか？　と。

折角、リクさんが助けたロカリスとエラトリアもどうなるか分からない。

僕に力があるなら、リクさんを手伝うことで魔族との戦いを終わらせることができるんじゃないのかな……

「事情を知った今、このまま帰るのは……心苦しい。それでも帰ると言うんだろうなあ……ん？　誰ですか？」

色々と考えながら腕立てや腹筋といった筋トレを続けていたら、扉がノックされた。

そろそろ食事なのかな、なんてことを思っていると、いつもの声が返ってくる。

「風太、リクはそこに居る？」

「夏那？　開いているから入っていいよ。というかリクさんは別の部屋だったじゃないか」

「そうなんだけど……ノックしても出てこないの」

そう言うと夏那と水樹が僕の部屋に入ってきた。そしてすぐに水樹が心配そうに口を開く。どうやら先に部屋へ行ったけど居なかったらしい。

「どこに行ったのかしら……リーチェちゃんも居ないの」

「風太と話しているのかと思ったけど、違ったのね。ちょっと誰かに聞いてみる？」

「うーん、下手に動くとリクさんを怒らせそうだし、僕達を置いていくとも思えない。待っていたらいいんじゃないかい？」

口を尖らせる夏那にそう言うと、二人はそれぞれベッドと椅子に腰かけて会話に参加してきた。

「まさか……あのフェリスって人のとこに……！」

「リクさんってこっちの世界とあまり関わりたくないからそれはなさそうだけど……」

「僕も水樹と同じ意見かな……とりあえずリクさんが帰ってくるまで待つとして、いい機会だしこれからのことを話し合わない？」

「あー、いいかもね。おばあちゃんの話だと日本に戻るのって絶望的じゃない？　リクは凄く頑張ってくれているけど、やっぱりあたし達も戦いに参加した方がいいと思うの」

そこは三人共同じ意見で、戻れないならこの世界で生活基盤を作るべきだと思う。

だから、魔族や魔物がはびこる場所で戦わないわけにはいかない。

例えばリクさんならこの神殿で匿《かくま》ってもらえなんて言うと思うけど、魔王が居る限りここもずっと安全ではないと考えるべきだ。

「うん。できるだけ鍛えておく方がいいよね！　……だから風太君も鍛えていたんでしょ？」

「まあ……」

上半身裸《はだか》でタオルを首から下げている僕を指さし、水樹が少し恥ずかしそうに言う。そういえば着てなかった……

「こっちに来てから訓練を続けていたから、さらに体つきがよくなったよね、風太。もう学生服が入らなかったりして」

「強くなれているなら別にいいよ。でも戻った時、リクさんみたいに記憶と経験以外が残らないのはもったいないかも」

「風太がそんなこと言うなんてリクに影響されてない？　まあ、向こうに居た時みたいに、弄《いじ》られても愛想笑いで流すよりはいいけど」

夏那が辛口の意見を口にし、僕は頬を掻きながら天井を仰ぐ。

僕達はそんな話を続け、今後魔物や魔族が出てくれば参戦することをリクさんに提案しようと三人で決めた。

リクさんには感謝している。けど、彼の言うように『自分達のことは自分達でやる』というのも生きていく上では重要だと思ったからだ。

「リクも通った道……。あいつの昔話をもっと聞いてみたいわね」

「僕達が並ぶくらい強くなればいつかは――」

「……彼はあなた達だけを元の世界に戻すつもりみたいですよ？」

「「「!?」」」

急に別の声が聞こえてきて驚く僕達。すぐに声のした部屋の入り口に視線を向けると、フェリスさんが静かに佇んでいた。そこで夏那が苛立ちを隠さずに言う。

「勝手に入ってくるなんて失礼じゃないかしら？」

「そう怒らないでください。今、リクさんはメイディ様とお話をしておりまして……どうやらあなた達を元の世界に戻すことを最優先にして、自分は残って魔王を倒す予定みたいですよ」

「あいつ……！」

「そんな……」

夏那と水樹が声を上げる。

「よかったです。あなた達が帰っても魔王討伐が保証されましたから」

フェリスさんは『魔王を倒してくれればなんでもいい』という感じだが、リクさんを道具みたいに言われて納得できるほど僕達は大人じゃない。

「あんた、その言い方――」

先に夏那がキレ気味で声を上げると、遮るようにフェリスさんが口を開く。

「前の世界で色々あったみたいですし、思うところはあるのでしょう。……恋人を自分の手で殺した、と言っていましたからね」

「な……!?」

恋人を殺した……!? リクさんが？ あの人がそんなことをするだろうか……

それは夏那と水樹も同じ思いらしく、訝しげな目を向けていた。

本人に聞けば早いけど、きっとリクさんは知られたくないと思っているはずだ。

「……聞き耳を立てるとは感心しませんね」

そこで水樹が今まで見せたことがない怒りの表情を露《あら》わにし、フェリスさんを糾弾《きゅうだん》する。

「……魔王や魔族を倒せるのは異世界人。それをせずに帰らせてなるものですか……色仕掛けでもなんでも使えるものは使わないと生き残れないんですよ……？ あなた達が強くなろうとしていることと、同じことです」

しかし悪びれた様子もなく、そう言って微笑みながらフェリスさんが部屋から出ていく。

こっちの話も最初から聞いていたって感じだな。それにしてもとんでもない話を聞かされてしまった……

「これは……聞けないわねえ……」

夏那がそう言い、僕達は困惑したまま、顔を見合わせてリクさんの帰りを待つ――

第五章　覚悟と調査のために

「さて、と……明日から総動員でやるから忙しくなるぜ」

メイディ婆さんとの話し合いが終わった俺は部屋に急ぐ。

食えない人間だと思ったが、あの二人きりでの交渉の後、彼女の苦労話を聞き、立場を考えりゃそうなるかと同情したもんだ。

聖女……前の世界で一緒に旅をしていたイリスという少女がそうだったので事情はなんとなく分かる。

勇者の召喚をした、いや、強制されたあいつは、いつも俺に気を使っていたっけな。

「おや、リク様。お話は終わりましたか？」

「お、あんたか。ああ、おかげで指針が決まりそうだ。……なんだ？　って、おい」

部屋に急ぐ俺の前に立ちふさがり、熱っぽい目で見てくるフェリス。彼女が急に抱き着いてきて俺は訝しげに聞く。こいつは美人だし胸もでかい。

……が、今日の今日で顔を合わせた俺に抱き着く奴を信用するほど、俺は幸せな世界で生きていない。

「どういうつもりか分からねえが離れてくれるか？　あいつらに見られたらなにを言われるか」

「……魔王を倒してくれると約束してくれれば、私のことを好きにしてくださって構いません。夕食後にでも……」

「いいから離れろ。お前は美人だから色仕掛けは通用するだろうが、魔王討伐は女を抱いたくらいで『はい、分かりました』と答えられるほど甘いもんじゃねえんだ。それに、自分を安売りするな」

「……なら」

俺がフェリスを引きはがすと俯いたままでポツリと呟く。

聞こえないふりをして脇を抜けようとしたが、手を掴まれて引き止められる。

「どうすれば魔王を……魔族を根絶やしにしてくれますか？　あいつらを倒すためならどんなことでもするのに……！」

「今後どうなるかは俺にも分からん。倒す必要があればそうする。あんた、魔族に相当恨みがあるようだな？　今、倒さなくてもいつか必ず反撃の糸口はできるはず……前もそうだったしな」

「……」

「話は終わりか？　俺は行くぜ」

手を振り解かれ崩れ落ちるフェリスを置いてその場を後にし、部屋へ戻るため歩き出す。

「……あいつらに今後の話をしないとな。つか、腹減ってきたな……」

「あ、戻ってきた‼　おーい、風太、水樹、リクよ！」

「あん？　夏那か、どうし――」

俺が扉に手をかけた瞬間、ちょうど部屋から夏那が……って風太の部屋から出てきた？

『どうしたのよ、そんなに慌てて』

ポケットから顔を出したリーチェの質問をよそに、夏那が風太と水樹ちゃんを呼びつけると二人が部屋から顔を出して俺を見つめてくる。

「……どうしたんだ？」

夏那は怒っているし、風太と水樹ちゃんは複雑な顔をしているのが丸分かりだ。

「い、いえ、お腹空いたなーって！　はは……」

「あん？　……ま、いいけど。丁度いい、集まってくれ」

風太が愛想笑いで誤魔化してくる。なんかあったのは明白だな。

嘘が吐けなさそうな三人だが、言いたくなさそうなのでとりあえず置いておこう。

さっきメイディ婆さんと話したことを伝えるためにはちょうどいいかと、部屋へ誘う。

「ん。分かった……」

「今度は悲しげに……夏那ちゃん、情緒不安定か？　まあでも、さすがに異世界生活も数か月経ったし疲れるよな」

「違うわよ！　もういい。とりあえず部屋に入りましょ」

夏那が俺の背中を押して部屋に入る。苦笑しながら風太と水樹ちゃんがついてきて扉を閉めた。

それぞれ適当なところに座ったのを確認して、俺は先ほどの話を三人にすることにした。

まずは、メイディ婆さんと二人きりで話したこと。

次に、帰る方法は婆さんでも分からなかったこと、以前に召喚された勇者に関する書物が書庫にあるかもしれず、そこに帰還の方法や、勇者についての伝説が残る地についての記載があるかもしれないということを伝える。

「……なるほど、僕達以外にも召喚されたことがあるなら、帰った人がいてもおかしくないですもんね。どういう人だったとかでも分かると少しは違うかも？」

「私、やります！　勇者の縁《ゆかり》の地について知るのは多分、私達のためにもなると思いますし」

「どういうこった？」

水樹ちゃんのテンションがやけに高いな。胸の前で拳を握って力説をする彼女に続いて、夏那が答えを話してくれた。

「リクが居ない間、三人で話し合ったのよ。今後はあたし達も戦闘に参加させてもらおうってね」

「それは……」

その言葉に俺は表情を硬くする。以前と同じように反論をしようとしたが、夏那が遮《さえぎ》るように続ける。

「聞いて。確かにリクは強いわ。だけど、一人でできることには限界があるでしょ？　それに今の話を否定するようで悪いけど、もし本当に帰れないとしたら安全に生きるためには魔王を倒すしかない。きちんと成長できれば四人で倒して、平和に暮らせるんじゃないかなって」

「……」

……まさか三人でそんな話をしていたとはな。言い分は理解できるし、先のことを見据えた考えなので前向きという意味では褒めていいと思う。

問題は……俺だな。

庇護下《ひごか》にある人間を守る。それは大人としての義務だ。

だが、仲間という対等な立ち位置になると話は別だ。

自分のことはある程度やらなければならないし、背中を預けることもあれば、単独でなにかをすることもあるかもしれない。

俺は殺しすぎて感覚がおかしくなっている。

それは『過酷な戦いに身を投じた結果』だ。いざ戦いをすると、もっと戦いたいという意識がどんどん強くなる。敵が強力ならさらに。

彼らをそんな人間にさせたくはない。

だから戦わせたくないわけだが――

『いいんじゃない？「身を守るために戦いの技術は必要」ってあんたの師匠が言ってたじゃない』

「リーチェ……」

『前のリクは間違えたかもしれないけど、間違いを犯したからこそ、カナ達を止めることもきっとできるわ。守るのと同時に、窘めるのが大人の役目ってね』

頭の上でリーチェがそんなことを言い出し、俺は目を瞑る。

例えばの話、先ほど会ったフェリスがダガーでも持って襲ってくるような真似をすれば、俺は容赦なく斬り捨てる。それくらい俺はぶっ壊れていると言っていい。

だが、リーチェの言う通り、一線を越えてしまっているからこそ、その線を見極められるのもまた俺だ。

「分かった。お前達の意思を尊重しよう。ただし、無理だと判断したら止めるからな」

「「「……！」」」

俺の回答に色めき立つ三人に、俺は苦笑しながらため息を吐く。

さて、この選択がどう出るかね？　俺は複雑な心境で彼らを見つめるのだった。

◆◇◆

翌日、俺達は朝早くから俺の部屋に集合し、今日一日の流れを確認していた。

「――今日は風太が訓練メニューをこなせ。俺と水樹ちゃんと夏那ちゃんは書庫で勇者についての書物がないか確認をする」

「は、はい!!　よし……！」

「無理するなよ？　メイディ婆さんを監視に付けとくから」

「おばあちゃんと仲良くなるの、早すぎない……？」

夏那が眉根を寄せる。

だが、あの婆さんの境遇を考えるとどうしても同情の念が湧く。そもそも、あの歳になるまで聖女をやっていること自体が――

「……？　どうした水樹ちゃん」

「え？　あ、なんですか？」

「上の空だったぞ、なにか心配事でもあるのか？」

「んー……寝不足かもしれません！　さ、書庫に行きましょう！」

「……」

俺はその様子を訝しむ。

馬車の荷台やキャンプで寝るよりもいい休息が取れたと思うけどな？　夏那の表情を見るに、彼女達は何か秘密を持っているってとこか？

話を聞きたいところだが、俺も隠していることは多い手前聞きにくい。向こうの世界のことならこっちに影響は少ないはず……と思いたい。

本人が言いたくなれば聞くし、悪影響を及ぼすようなら夏那か風太に聞いてみるとしよう。

俺はそんなことを思いながら部屋を出る。風太は訓練をするため庭へ向かい、俺と夏那、水樹ちゃんは案内役であるフェリスが待つ部屋へと向かった。


「……こちらです」

「はい、ありがとうございます」

水樹ちゃんがフェリスに対して礼を言う。が、何故かフェリスを見る表情が硬いな？

今、俺達は彼女の案内に従い、神殿の中を歩いている。

フェリスは意気消沈しているのが目に見える。明らかに表情が暗い。

昨日風太達と話した後に、彼女が色仕掛けをしてきたことを婆さんへ告げ口したからな。仕方ないだろう。

フェリスの魔族に対する執着と出自については複雑らしく、それゆえの暴走だろうということで謝罪された。勇者が来ると聞いて期待していたらしい。

「着きました、ここです」

「わ……」

「すごっ!?」

「ほう、こりゃあすげえ」

書庫に到着した俺達は感嘆の声を上げる。

劇場ホールのような場所に本棚がずらりと並び、それが天井に向かって伸びている。

相当な蔵書だ。なるほど、妙に背が高い建築だと思っていたがこれが答えか。

「ここで暮らしている私達――メイディ様も含めて――も全て読んだことはありません。なのでどこか勇者に関することが書かれている可能性は考えられます。それでは私は席を外しますのでごゆっくり……」

「盗み聞きするなよ」

「……!」

俺がそう言うと顔を真っ赤にして俯き書庫を出ていく。その背中を見送りながら肩を竦めていると、夏那がまた訝しんだ顔で近づいてきた。

「なんの話？」

「ちょっと昨日な。さて、気が遠くなる量だ。手早くやるぞ」

「オッケー！　勇者とか異世界人みたいなワードを拾うのね？」

「おう、できればその本は出してこいつを使ってくれ」

「あ、付箋《ふせん》。いいじゃない」

収納魔法にある自分のカバンから付箋を夏那に渡す。久しぶりに向こうの世界の道具を見てテンションが上がったのか、嬉しそうな顔をしていた。

「あ、私のもいいですか？」

それを見ていた水樹ちゃんもカバンを出してほしいというので出してやると、ヴァルハンに貸していたノートと筆記用具を出した。

「多分、本は持ち出せないと思うからノートを使ってメモをしましょう。リクさんの収納魔法なら失くすこともないですし、幸いここには机もあるので」

『いいわね、それ。持ってきてくれたらあたしが朗読してあげる！』

誰も居なくなったのでリーチェがポケットから飛び出してドヤ顔をする。俺はそれを聞いてリーチェを指で弾きながら言う。

「それぐらいしかできない癖に生意気言うな。水樹ちゃんはいい案だぞ。それじゃ、風太が頑張っている間は俺達が調べ物だ」

「でも、あれだけ戦わせたくなかったのによく許してくれたわね。あ、やめるつもりはないからね」

夏那がそう言ってきたので、俺は返答してやる。

「ああ。お前達の言うことも一理あるし、やる気があるから優先したんだよ。怖がって庇護下になってくれるならそれでよし、と思っていたけど、あの話は逆効果だったな」

「ふふ、私達も強くなるならリクさんのお手伝いができますしね」

それを聞いた水樹ちゃんが微笑みながら言った。

「確かに自衛手段はいくらあっても困らねえ。それにここまでの道程で、分別はつくだろうとも思ったんだ」

「うんうん、リクもようやくあたし達のことが分かってきたわね。さ、調べるわよ、水樹！」

俺の言葉にご機嫌な様子で本棚へ向かう二人。そこで俺の肩に乗っていたリーチェが口を開く。

『まあ、本当のことを全部言う必要はないからねえ』

「まあな」

真面目な話、あまり抑圧しすぎても、爆発して勝手なことをやらかす可能性もある。

もちろん風太達の決意を聞いてから決めた部分は大きいが、ずっとダメだと言い続けることは逆効果になるものだ。

だからこの地ではテストとして、俺が決めた基礎訓練と戦闘訓練を施《ほどこ》すことにしているのだ。

ただ、そっちにかまけて調査が進まないのはさすがに問題があるので、一人が訓練を行い、残りは調査にあたる。そして十五時くらいから俺が直々に戦闘訓練をする予定だ。

『くく……。それにしても、あんたが師匠ねえ』

「笑うなよ。ガラじゃねえのは、俺が一番分かっている。だから師匠の真似ごとをする」

『あれって大変だったみたいだけど耐えられるかしら？』

「言い出しっぺはあいつらだから耐えてもらうしかないな」

俺は笑いながら風太がやっているメニューを思い返す。

まあ、音《ね》を上げたらそれはそれで俺が守って行けばいいし、もし耐えられたらいつか背中を預けてもいいかも――

◆◇◆

――Side：風太――

僕は今、神殿の中庭で、リクさんに言われた訓練のメニューをこなしていた。

「ふっ……！」

「よし休憩じゃ。体力アップの訓練はここまでのようじゃな。次は魔力……魔法の訓練か。……しかしフウタよ、このリクが考えた内容を続けるつもりか？」

「ぷはあ……!! ア、〈アイスキューブ〉！ ふう……。ええ、リクさんが重い腰をあげてくれたんですからやりますよ」

僕の付き添いに来てくれたメイディ様が、リクさんのメモを見て苦い顔で尋ねてきた。

リクさん公認で訓練ができるようになったのはかなり大きい。僕達に期待……しているかは分からないけど、認めてくれたならそれに応えてこそだと思う。

「ロカリスで訓練していたとは聞いておるが、これは騎士でもきついぞ……」

「なんか僕達には、騎士と同じメニューだと軽いらしいんですよ。実際、ロカリスの訓練は半月くらいで慣れましたしね」

「なるほど……さすが勇者という訳か」

満足げに頷くメイディ様に苦笑する僕。

見ただけできついメニューだと分かるし、今も筋トレだけで息が上がるほど。

だけどその分、間違いなく力は上がる。また、三人でのローテーションはリクさんなりの優しさだと思っている。

……リクさんは仲間を作りたくなさそうにしている節がある。それは過去に仲間を失ったからだろう。

僕達は同じ勇者。強くなれば簡単には死なないはずだから、リクさんのトラウマは払拭できると思う。

それで彼の負担が少しでも軽くなればと思い、僕は訓練を続けるのだった。

◆　◇　◆

――書庫の探索を始めてすでに十日。わずかだが情報をメモしつつ、毎日訓練に勤《いそ》しんでいた。

「夏那ちゃん、槍を扱うならリーチを活かせ。俺が踏み込みにくくなるのはどんな状況だと思う？」

「ふう……ふう……あたしから見て正面と左右の斜め前……そこを常に捉えていれば……!!」

「そうだ。相手が正面に居て、持っているのがショートレンジの武器なら、魔法以外で攻撃を受けることは少ない」

俺の行動範囲を制限するような夏那の槍捌《やりさば》きを、俺は頷きながら木剣で捌く。

今は三人共二回ずつ模擬戦をやっているところだ。この十日で分かったが、弓道をやっていた水樹ちゃんの弓は悪くなかった。魔法との組み合わせで、完全な後衛としてなら文句がないほどだった。

慣れてくれれば近接戦闘のやり方を教えて、いざという時に備えるようにするのがベストだと思う。

夏那と風太の二人はスポーツなどをやっていたわけではないので『素質』だけの強さだった。

特に夏那は三十分の打ち合いで息切れを起こすため、スタミナが少ないことが分かる。

しかし、少しアドバイスすれば最適解を導き出せるので、戦闘面に不安はないだろう。

そのセンスのよさもおそらく、『勇者の素質』の一つなのだろう。

書庫にあった本に、勇者としてこっちへ来た人間は、能力が現地人より高くなりやすい、それに加えて、勘がよくなったり、動物と話せたり……なにかしら特殊能力を持つ者が居た、という記載があった。

「ふう……。へへ、いい感じでしょ？」

「まあな……〈金剛の牙《アースファング》〉」

「え!?」

俺の間合いの外から槍を振り回してくる夏那に対して、俺は魔法を使って周辺に土の柱を盛り上がらせてやった。

すると夏那は武器を柱に弾かれ、尻もちをついてしまう。

「くっ……!?」

「そうなると振り回せないだろ？　こういう状況は森の中などで起こりやすいんだ。今の夏那ちゃんはスタミナが切れると槍を振り回す戦い方にシフトする。その方が楽に立ち回れるからだけど、その実、それは武器に振り回されているだけで力が全然入っていない」

「なるほど……こういう時は直線の動きがいいってことね」

「ああ、いい思考だね。上手くやれば〈金剛の牙《アースファング》〉を盾にしながら攻撃もできる」

「分かったわ！　ていうかリク、そんな喋り方できるのね？」

「え？　ああ……いや一応、教えている身だからこうなっちまうのかもな？」

咄嗟にそう答えたが、実はそうじゃない。

風太達と訓練を続けていく内に、段々と昔の感覚に戻ってきているのだ。

さて、まだ甘いとはいえすでにフレーヤを超えるくらいの力は持っているし、成長速度も速い。……前の世界で仲間と一緒に訓練したことを思い出すな。

「二人共頑張ってるね！」

すると、書庫からやってきた水樹ちゃんが声をかけてきた。

「おう、サンキュー水樹ちゃん。ほら、立てるか夏那ちゃん」

「ありがと！　お茶の時間ね。結構頑張ったわよ」

手を貸して立たせると、夏那は尻の埃を払ってから嬉しそうに水樹ちゃんの下へと駆けて行く。

その姿を見ながら俺も武器を拾ってから合流する。

「どうだ？　なんか見つかったのか？」

俺がそう聞くと、水樹ちゃんのメモを読んでいた夏那が口を開く。

「うーん、思ったより情報が多いわ。実際にグランシア神聖国と関わった勇者……異世界人の話しかないから、ドラゴンを倒したとか戦争を収めたみたいな話が中心ね」

「帰還した、ってのはやっぱりないか。その昔、俺が戻れたんだから一方通行ってことはねえと思うが」

「ま、気長にやるしかないんじゃない？　蔵書もとんでもないし。風太は？」

「調べものに夢中で置いてきちゃった……」

意外と熱中すると周りが見えなくなるタイプだった風太に、俺は夏那と顔を見合わせてから肩を竦めて笑う。

そして少しの進捗報告と休憩してから訓練を再開……このルーティンがおおむね一日の流れである。

——ここに来てまだ十日。

書物はまだあるし焦るには早い。ここには魔族の影が見えないので腰を落ち着けて調査と訓練を続ければいいだろう。

そう思いながら、さらに十日ほど経った頃――

「たまには町に出て買い物をしたい」

いつものようにメイディ婆さんと朝食を食べている時に、夏那が口を尖らせてそんなことを言い出した。

俺は冷めた感じで返答する。

「――などと夏那が意味不明な供述《きょうじゅつ》をする」

「意味は分かるじゃない⁉」

その言葉に、俺はパンを齧《かじ》りながら肩を竦めて返す。

「別に不足品はねえだろ？　言えばフェリスとかが買ってきてくれるし、飯も金を出してるからリクエストに応えてくれているだろ？」

「そうだけど……あたし達って城から城へって感じで、この世界の町をじっくりと歩いたことがないじゃない？　折角だし、祝日みたいに一日休みにしてちょっと出かけない？」

「うーん……」

その言葉に俺は難色を示す。出歩くメリットが考えられないからだ。しかし夏那の言う通りたまの休みは必要かもしれないとも思う。

「……そうだな。なあ婆さん、町にギルドはあるのか？」

「む？　もちろんあるぞ。魔族の襲撃は少ないが、ないわけでもないし、魔物は町の外をウロウロしている。だから物資の補給路を断たれないよう定期的に討伐依頼を出しておる」

一緒に庭へ出ていた婆さんに尋ねるとそんな答えがあった。

「ねー、いいでしょリク。なんか面白いところとか見てみたい」

「面白いところなんてないぞ？」

「ないの!?」

婆さんの言葉に、夏那がショックを受ける。

「まあ、普通の町だからしょうがないんじゃない？」

その様子を見て、風太が呆れながら口を開く。実際そんなもんだ。

だが、メイディ婆さんの言葉に気になることがあったので、ちょっと出てみようかという気になった。

「よし、決めた。今日は町を適当にブラつくぞ、それとギルドカードを作りたいから、メイディ婆さんも一緒に来てくれ」

「え、わしもか？」

「おう。婆さんが居るとギルドで話がしやすいだろ。ちゃんと守ってやるからよ」

メイディ婆さんは仕方ないと言いながら、満更でもなさそうに笑っていた。

さて、と……俺の知りたい情報が手に入るかねえ。そんなことを考えながら準備をして、町へと繰り出した。

◆
◇
◆

「グランシア神聖国は五十年前からそれほど変わっていない国じゃ。建物も生活様式もほとんど変化がない」

「のどかな感じがしますね。あ、お子さんが手を振っていますよ」

「変わったのは婆さんの年齢と見た目くらいか？　……痛え!?」

歩きながら水樹ちゃんに国の話をしている婆さん。横で俺が真実を口にしたところ、杖でケツを叩かれた。

そんな俺の後ろで、腕を組んだ夏那と、彼女の解《ほど》かれた髪に隠れたリーチェが渋い顔で口を開く。

「今のは、リクが悪いわね」

『同感だわ』

「くそ、嘘じゃねえだろうに」

俺がブツブツ言っていると、風太が呆れたように口を開く。

「たまにリクさんは変なことを言って場を荒らしますよね」

「そうか？」

「ほら、ロカリス城でエピカリスさん達と話していた時に『実は魔族なんだ』みたいなことを言ってましたよ」

風太に言われて、そういや言ったなと頭を掻く。というかよく覚えているなこいつ。

ウケが悪かった冗談に苦笑する四人より前に出て歩き、ギルドを探す。

婆さんが居るから町人に挨拶をされてすぐに足が止まるため、歩みは遅い。

「そういえばエピカリス様が聖女様も勇者召喚できるかも、みたいなことを言っていましたけど、メイディ様はできるんですか？」

いつもよりゆっくり歩きながら、風太が婆さんに質問をする。

「……む。できる、とは思うが寄る年波には勝てんからな。成功するとは思えん」

「なるほど。あれ、ではなぜ五十年前に魔族が来た時は、勇者召喚をしていないんでしょうか？」

「……」

風太が面倒なことを口にして、婆さんが黙り込む。

風太はあまり深く考えないで喋っていたようだが、メイディ婆さんは『やっていない』とは言っていないし、若い頃なら召喚できていたと暗に口にしていた。

つまり、『試していないわけはない』のだ。その話も二人だけの会談時に聞いていた。

夏那と水樹ちゃんはそこまで気にしていないようだし、それを三人に話すのは今じゃないと考え、俺は奥へ進む。

「っと、ここがギルドみてえだ。とっとと中に入ろうぜ」

ちょうどギルドに到着して誤魔化すことができた。

「あ、そうですね！　へえ……ここがギルド……漫画でよく見るやつ……」

「わあ……」

「お城の騎士達とはまた違うわねえ」

「野性味があるって感じがする。僕も気が引き締まる、かな？」

中はギルドらしく、冒険者で賑わっていた。漫画などで目にしたことがある光景だと風太が呟く。

少々興奮気味で周囲を見渡す三人の様子は、おのぼりさんそのものだ。

そこへ受付に居た金髪ポニテの女の子が、俺達に気づいて声をかけてきた。

「グランシア神聖国のギルドにようこそ！　初めてですか？　冒険者志望かしら……って、聖女様じゃありませんか……!?　どうしてこんなところに……」

その言葉に周りの冒険者達がざわめく。

さすがに聖女が冒険者ギルドにやってくるなんてことは多くないだろうし、好奇の目でこちらを見ていた。

「いいのか、こんなところなどと言って。ギルドマスターに叱られるぞ」

メイディ婆さんがそう窘める。

「あ、あはは……だ、大丈夫です、マスターは今しがた奥に――」

と、金髪ポニテが頭を掻いていると、背後に大男が立った。

彼はニヤリと笑い、彼女の両方のこめかみを親指で押さえながら口を開く。

『こ・ん・な』ところで悪かったな、キャル！　なら、そこで働いているお前はなんなんだ？　ああん？」

「ああああああああ!?　ごめんなさいぃぃぃぃぃ!?」

彼女はその痛みに悲鳴を上げ、その声を聞いた冒険者達が呆れたように口を開く。

「またキャルか、懲りねえなあ」

「いつもどおりだろ？」

「新人さんかい？　いつもの光景だから気にしなくていいぜ、すぐ慣れる」

「あ、はあ……」

くっく、と笑いながら冒険者がそんなことを言い合い、風太の肩を叩いていた。

ひとしきりお仕置きをして満足したのか、大男がカウンターに突っ伏した金髪ポニテ――キャルをどけて俺達にウインクをしてきた。

「というわけで聖女様には説明無用のギルドマスターこと、クルースだ。よろしくな！」

「よろしく。俺はリク。ちょっとメイディ婆さんがギルドに話があるらしい」

「なに、そうなのですか聖女様？　というか、婆さんってお前……」

「……いいのじゃクルース。ということで、どこか部屋を貸してくれると助かる」

婆さんは『聞いていないぞ』と言った不服そうな顔で俺を睨む。俺は目を逸らし、口笛を吹いて誤魔化す。

先にギルドとの交渉に同席してもらいたいということを告げると、利用されるのは嫌だと断られそうだったからな。それを隠すために夏那や水樹ちゃん達と町を歩くことがメインだと伝えたわけだ。

ま、後からなんか言われそうだが、ここは必要経費と割り切っとこう。

「うう……こ、こちらへどうぞ……」

こめかみを押さえるキャルがギルド内を案内してくれる。

「あ、意外と復活が早い」

「ギルドで働く人ってやっぱり強くないとダメなんですか？」

それを見た夏那と風太がそんなことを口にする。

「え？　まあ……そうですね、喧嘩とかおっぱじめる人もいるから、止められるくらいは鍛えた方がいいかなって感じですよ！」

「お前はまだまだだけどな？」

元気に答えるキャルと、ツッコミを入れるクルース。

「もう、からかわないでください！」

漫才を繰り広げるクルースとキャルについていくと、執務室と書かれた部屋へと案内された。

中に入り、風太達を立派なソファに座らせ、俺はその後ろで立ったまま話し合いに参加することに。

「空いてるわよ？」

「気にしなくていいぜ、夏那ちゃん」

「……で、早速だが聖女様と一緒に居るってことはタダ者じゃねぇな？　神殿の客人ってことだろうが、何者だ？」

開口一番で質問してきたのはクルースだった。さすがはギルドマスターなかなかの慧眼を持っている。

それに対して俺は婆さんが知る情報を話す。即ち勇者であることを。

隠してもどうせ婆さん経由でバレるからな。

メイディ婆さんと一緒に居る理由を説明し終えた後、クルースは冷や汗を拭いながら背筋を伸ばす。

「勇者……か……。聖女様と一緒に居る冒険者など滅多に居ない。まさかとは思ったが……」

「まあ、詳しい事情はさておき、異世界人ってことは間違いねえな」

「よ、四人も居れば今度こそ……！」

キャルは歓喜の笑顔を見せていた。

「今度こそ……？」

「風太、今はいい」

キャルの放った言葉は一旦スルーし、俺は用件を告げる。

なぜわざわざギルドへ来たのかというと、婆さんよりも新鮮な情報を聞くことができると判断したからだ。

ここはロカリス・エラトリア・ボルタニア国から離れている土地なので、冒険者経由でなにか魔族について聞けることがないかという目論見《もくろみ》である。

「……魔族に関しての情報が欲しいのか？　ここから南にあるイディアール王国が最近定期的に攻撃を受けているそうだ。東のヴァッフェ帝国は魔族が偵察レベルで出没することが多い。ただ、あそこは領土がでかいし、人間も多いから撃退できているな」

「なるほど……」

ふむ。もしここで勇者や帰還の情報が得られないなら、帝国を目指して東に向かうのがいいか？

逆に帰還の情報が見つかれば風太達を帰してから、真っすぐ南へ向かって魔王を消せばいい。

どちらにしても魔族が少ない方へ行った方がトラブルには巻き込まれにくい。

ちなみにこのグランシア神聖国の町には、婆さんによる防御結界が張られていて、魔族の動きは鈍いらしい。

ただ、町の外といった結界が及ばない場所では油断できないとのこと。

しかし、アキラスが突出していただけなのか、魔族の動きは全体的に消極的なイメージだ。

前の世界ではどこへ行っても戦闘が激化していたし、城がある場所は幹部クラスが必ず一人は指揮して攻め立てていたもんだが。

「そんじゃ次だ、勇者についての情報はなにかないか？」

「あの、待ってください！　話の途中で申し訳ありません。さっきキャルさんが言っていた『今度こそ』って言葉が気になるんですけど……」

「うん、僕も気になります」

水樹ちゃんが手を上げて話を遮り、さっき俺に止められていた風太も援護に入る。

まあ、先に聞きたいことは聞けたし、勇者関連の話ではあるから別に構わないかと、メイディ婆さんに頷く。

「……フウタやカナ、ミズキにはショックな話だと思うが、わしは五十年前、勇者を召喚したことがある」

そう言いながら口にしたことは前に俺だけが聞いたことで、五十年前……婆さんがまだ十九歳の頃の話だ。

ただ、その結末があまりにも酷かったため、各国にはあまり知らされていないらしい。

「……わしは色々な意味で若かった。言い訳にもならんが、あの時は勇者を召喚さえすれば魔王を倒せると信じて疑っておらず、実際、彼らは少し修業してわしら現地人より確実に強くなっておった。そして調子に乗った勇者は仲間を連れて魔王の下へと向かったのじゃ。わしは不安が残る中、見送ったが――」

「負けた、ってわけ……？」

青い顔をした夏那の言葉に無言で頷く婆さん。そこへ俺が壁に背を預けてから口を開く。

「別にあり得ない話じゃねえ。俺も前の世界では師匠がいなけりゃ、多分死んでいたからな。お前達は自重してくれているが、ちょっと力を持つと調子に乗るのはよくある話だ」

「僕達はリクさんが止めてくれるから助かっているのか……。確かにロカリスで騎士より強いと確信した時は、なんでもできそうな気がしたかも……」

正直、知り合い同士で呼ばれたのは運がよくもあり悪くもある。

自分以外の異世界人が居れば安堵《あんど》するからだ。だが、先の勇者のように全員で自分の実力を過信したら全滅することも考えられる。

「そんなことがあったんですね……。でも、一般の方は知らないんですか？」

「もう五十年も前じゃからな。当時を知る者も少なくなったし、思い出したくないかもしれん。勇者に期待を寄せ、未熟なまま送り出して死なせてしまったことを」

『勇者を召喚しろ』という声は今でも少なくないらしい。だが、異世界の住人を殺してしまったことの罪悪感はずっと、楔《くさび》のように胸に突き刺さっていると言って婆さんは俯く。

自分は召喚をもうするつもりはない。が、聖女を交代すればおそらく喚んでしまうだろう。それ故に交代をしないそうだ。

キャルが知っているのはまだ祖父が健在で、昔話として聞かされていたかららしい。

「だから聖女様は各国が協力して確実に撃破できるように説得を続けているが……」

「色よい返事はないんですよね……」

クルースとキャルが辛そうに呟く。

「そのあたりは俺も苦労したから分かるぜ。魔族も怖いが他国の裏切りも怖い。魔族を蹴散らした後、疲弊したところを討たれて国が滅ぶなんて心配をする腰抜けも多い」

「ひっどい！　魔族に滅ぼされる方がいいってこと⁉」

俺がそう言うと、夏那が怒りの声を上げる。

「こっちの世界はどうか分からねえけど、前はそういう国がいくつかあったって例だよ」

メイディ婆さんは俺達が来ることを予知し、その中で一番強いと確信した俺に声をかけて『魔王を倒してくれ』と頼んできたのはこういうわけだ。

自分で召喚していない以上、やり方がずるいとも取れるが気持ちは分かる。

魔王を倒したいという想いは変わらないから……違うか、当時のことがあったから婆さんは他の人間よりも、強く魔王を倒したいと願っているかもしれん。

婆さんにはまだ秘密があるみたいだが――

「五十年前の勇者以外は正直分からん。エルフと一緒に森で余生を過ごしたとかそういうおとぎ話みたいなのはあるな」

「あ、エルフっているんですね」

クルースの言葉に、風太が興味を示す。

「ん？　そうだな、冒険者にもいたんだが気づかなかったか？」

「そうだったんですか？　キャルさんの勢いが凄くて周りをあんまり見ていなかったかも……」

「数人だが確かに居たな。エルフの森か……」

俺はギルドの様子を思い出し、候補の一つとして覚えておくかとメモを取る。

場所はここから南西の方角なので、魔族がちょっかいを出している可能性がある場所だ。

――クルースとキャルの話で、近隣の状況はおおむね把握できた。

残念なのは、勇者についての話でこれといったものがなかったことだな。五十年前に召喚された勇者の話は、前に婆さんから聞いていたし。あとは書庫をくまなく確認して、次の進路を考えるべきか。

「サンキュー二人共。ためになる話で助かった」

「む、そうか？　勇者の助けになったなら鼻が高い、まだ旅には出ないのだろう？　なにか聞きたいことがあればいつでも聞いてくれ。しかし、細かいところまでメモをするんだな……」

クルースが感心したように言う。

「『彼を知り己を知れば百戦、危うからず』ってな。情報はあればあるほどいいし、安心できる」

「ふむ？」

なんのことだという顔のクルースに笑いかけながら『教えられた情報が嘘じゃなければな』と心の中で付け加えておく。

まあ、観察していたがこの二人は問題なさそうだ。

さて、ヴァッフェ帝国やイディアール王国の広さ、資源、交易品にできる作物、気候、山や川の状態など魔族以外の基本的な周辺地域の話を聞いた。

これは婆さんからサッと出る情報ではないので、来てよかったと思う。資料でもいいが生の情報の方がありがたい。

とりあえず話を整理すると、魔族はあまり攻めてこないらしいが、帝国はキナ臭い感じがする。

魔族に対する軍備を進めているが、それを他の国に向けるのでは？　ってな。

もう五十近いおっさんが皇帝を務めているらしい。話を聞く限り悪い人物ではなさそうだが、熱血馬鹿《ばか》という言葉が似合うという印象だ。

余談だが帝国には港があるとのこと。

で、イディアール王国は魔族にちょっかいをかけられていて、さらに南西にあるもう一つ国と共同で魔族に抗っているという。その二国が、魔族に対する防波堤《ぼうはてい》になっているのだろう。

南から来た冒険者がそんなことを言っていたそうだ。

「私もお手伝いします！　冒険者さん達にそれとなく聞いておきますね」

「まだ調べ物があるし、また来ると思うわ」

夏那がそう言って締め、俺達はクルースとキャルの二人と握手をして部屋を出た。

そこで興奮気味に話を聞いていた風太が、慌てて俺の前に回り込んで話し出す。

「あの……！　ここにギルドカードを作りに来たんじゃ？　いいんですか？」

「ん。婆さんを連れてくるための口実だから作らねえよ？　大体、何が記載されるか分からないんだ。勇者だとバレる可能性のあるものをわざわざ作る必要はねえだろ」

「なんだあ……」

俺の答えを聞いて、風太ではなく夏那が心底ガッカリした声を上げた。理由を聞くと、小説みたいに魔法や戦闘の適性検査や、自分の名前が記載されているギルドカードが欲しかったらしい。風太と水樹ちゃんも同じ心境のようで頷いていた。

「戻ったらどうせなくなるし、迂闊なアイテムは持っていない方がいい。だから今回は作らねえ。依頼を受ける必要はないくらい金もあるしな」

「えー、でも迷子札みたいでいいんじゃない？」

「お前はそれでいいのか……？」

「夏那ちゃん……」

さすがに水樹ちゃんも、夏那が変なことを言っていると呆れて笑っていた。

公開しなければ持っていて困るものでもないんだが、リスクは少ない方がいい。何かしらの手段でギルド同士が冒険者の情報をやり取りできた場合に厄介だからな。

ここまである程度は『お偉いさん』に正体を明かしてきたが、ここから先は必要に応じて明かすことにしたい。特に帝国は少し怪しいから、もし行った際は慎重にいきたいところだ。

あとは書庫の情報次第でどう動くかを考える方針でいいだろう。

「リクさーん。お買い物してもいいですか？」

そんなことを考えながらギルドの建物を出て歩いていると、水樹ちゃんに声をかけられた。

「あ？　ああ、別にいいぜ。なんか必要なもん、あったっけか？」

「特にないんですけど……」

「なんだよ……」

俺が呆れていると、夏那が声を上げる。

「ウィンドウショッピングってやつよ！」

「夏那ちゃんの言う通り、折角町に出ているから、どんな感じなのか見たいなと思ったんですよ。ほら、ハリソン達の食料とかも買い足しておかないと」

それに続いて、水樹ちゃんが説明をしてくる。

別に今すぐじゃなくてもいいんだが、とはやっぱり思うが、訓練と調べものばかりで窮屈《きゅうくつ》だったし許可してやるか。

「なら、適当にぶらつくか。なんか欲しいもんがあったら買っていいぞ。俺も調理器具を探すとするか」

「あ、僕は服とか興味あるかな。国で違うとかあると思うんですよ」

「あたし、武器を見たい！」

『ぷは！　もう出ていいかしらね？　ていうか風太と夏那、普通は逆じゃない？』

俺の懐から出てきたリーチェが思っていたことを口にしてくれた。さすがは俺の相棒、よく言った。

指摘を受けて恥ずかしそうに顔を赤くしている二人の肩に手を置いてから、俺はニヤリと笑い、ギルドを出て商店街へ向かう。

「たまにはこういうのも悪くねえだろ」

商店街へ着くと、はしゃぐ三人を見ながら俺は婆さんに声をかけた。

「ふん、まさか商店街まで引っ張り出されるとは思わなんだがな！　折角じゃ、フェリス達に土産《みやげ》でも買うかのう」

「そういえばフェリスさんってずっと神殿で働いているんですか？」

「もしかして聖女候補、とか？」

夏那と水樹ちゃんが婆さんを挟んで聞きにくいことをあっさり口にする。若い頃の俺もズバズバ口にして拳骨《げんこつ》を食らってたっけな。

かつてのことを思い出していると、風太が尋ねてくる。

「リクさん、どうしたんですか？」

「あ？　なんだ、風太」

「いえ、なんか楽しそうに笑っていたから珍しいなって」

「……」

俺は自分の顔をこね回しながら風太に聞く。

「ホントか？」

「はい！　いつもみたいに斜に構えた笑みじゃなくて楽しそうでした！」

「うるせえよ！」

「痛いっ!?」

爽やかな笑顔で生意気なことを言う風太を、軽く小突いてやる。

俺が楽しそう、か。まさかそんなことを言われるとは……

もしそうなら、やっぱりこいつらを死なせないようにしねえとな。

そんなことを考えながら風太のこめかみをぐりぐりしていると、婆さんが小声で話をする。

「フェリスは確かに聖女見習いではある。が、それと同時に今は魔族に支配された国、フェイブラス王国の生き残りなのじゃ」

フェリスが滅びた国に住んでいたという話を聞いて高校生三人は目を見開いて驚いた。

俺は無言で腕組みをしながらその後ろに立つ。

彼女のまとっていた雰囲気から、なんとなくそんな感じはしていたが、三人が少し気まずい空気になっているのを感じた俺は婆さんに尋ねる。

「まさか王族とかか？」

「いや、平民じゃよ。ただ、目の前で両親を殺されておるらしくてのう。あの国の人間は散り散りに保護されたのじゃが、あやつは聖女候補として手を上げたから、こちらで引き取って生活している。が……正直、才能はないに等しい。あのように復讐《ふくしゅう》に染まった精神では、の」

「だから焦っているのか」

「そうか、それであんなことを……」

色仕掛けのことを思い出して俺が納得していると、風太達もなにか思い出したらしく、小さく呟いていていた。

「風太、どうした？」

「あ、いや、魔王を倒せるのは異世界人だけって言われて、それをせずに帰したくはないみたいなことを言っていたなって」

『あ、前に三人が複雑そうな顔をしていたけどそれが原因？』

「ま、まあね」

『そんなに全力で頷かなくてもいいのに……』

夏那の首が怖いくらい速く縦に振られてちょっとびっくりするリーチェ。

他にもなんか言われてそうだが、この様子だと答えはしないか。

「あたし達が魔族や魔王を倒せたら――」

「立場が逆ならやっている……という気持ちは分かるがな。昨日、今日会った人間のためにそこまでできるかと言われれば答えはノーだ」

「それは……そうだけど……力があるなら、帰るまでに少しでもやれることがあるんじゃないかって思うのよ」

「僕も夏那の意見には同意ですね」

そう真面目に返してくる高校生組はいい奴らだな、と思う。

割とキツイ目に遭っていると思うが、帰りたいよりも助けたいが先に来ているからだ。

それに、自分の実力を過大評価もしてねえから『少しでも』というのだろう。

「……ま、人それぞれってこった。フェリスがどうあれ、俺達は俺達のできることをするだけなんだからな。ほら、レストランがあったぞ。あそこで飯にしようぜ」

「は、はい……」

「んもう、あたし達のことはありがたいけどもう少し他の人にも優しくしなさいよー……」

「あーあー、聞こえないー。お、小鴨《こがも》のステーキとか美味そうじゃねえか」

俺は話を打ち切るため、レストランの扉を開ける。続いて夏那が口を尖らせながら後をついてくると、婆さん達も苦笑しながらレストランの中へ。

聖女が来たと従業員が慌てふためくなどのイベントはあったものの、おおむね平和に食事を終えることができた。

ただ、水樹ちゃんが少し気落ちしたような顔をしていたな。何度か婆さんと俺の顔を見ていたことが気になる。ま、多分フェリスの件だろうけどな。

結果的に魔王を倒せればいいが、そうならなかった時の彼女の絶望は計りしれない。倒してやると大見得《おおみえ》を切って言えないのは、俺が歳を食った証拠かと胸中で笑う。

そして飯を食った後、本格的に商店街をぶらつくことにする。

食料は買っておけば俺の収納魔法で保存が利くからいくつか買い足しておいた。

買い物はストレス発散になるようで、女子二人に服を買ってやると大層喜んでいた。

「いやあ、ショッピングで荷物を持たなくていいなんて収納魔法って便利ねー」

「夏那はいつも僕に持たせてるじゃないか……」

元の世界でのだいたいの力関係が分かるそんな発言を聞いていると、夏那がとある店のショーケースを見た後、張り付いた。

「あ、このアクセサリー綺麗！」

後ろから覗き込むと、そこには赤い宝石がついたイヤリングがあった。

「ロードクロサイトのイヤリングか。夏那ちゃんに似合うんじゃねえか？　これくらいなら買ってやるぜ。水樹ちゃんと風太も選んでくれ。婆さんも買うか？」

「ふん、わしは必要ないわい！」

「えー、聖女様も買いましょうよ！　どうせリクの奢りなんだし」

「わしはいい。カナよ、いい物を選ぶのじゃ」

そこから店内へ入り、物色を開始する。

夏那は最初に見たイヤリング。水樹ちゃんはカイヤナイトという青色の宝石の指輪で、風太はジェダイトという緑色の宝石がついたネックレスを買うことにしたようだ。

俺達はボルタニアのヴェロン王からブレスレットを貰っているから、それ以外の部位となると中々難しいが、風太は上手く見つけたな。まあ本人は拒否していたが、無理やり夏那が押し付けた形だ。

「そんじゃお会計――」

「あ、これとこれも!!」

俺が会計をしようとしたら、夏那が滑り込みで商品を渡してきた。

「はい、それでは金貨五枚になります。聖女様のご加護があるといいですね」

「はっはっは、わしが一緒じゃから余裕じゃわい！」

「んじゃ支払うぞー」

元の世界の価値で五万円分という、宝石としてはお値打ちだが、決して安くない金額を支払って外に出る。

俺は夏那が最後に買ったものについて尋ねる。てっきり婆さんにプレゼントするのかと思ったんだが――

「それじゃこれはリーチェの分ね！　それとこっちはリクの分！」

「俺の分？」

『あら、気が利くわね、カナ！　リク、よかったじゃない、女の子にプレゼントされるとか♪』

リーチェが懐で笑い、俺が黙って口をへの字にすると、夏那が嬉しそうに俺の手に風太と同じネックレスを握らせてきた。それにはゴールデンオブシディアンという黒色に金色が交じった宝石がついていた。

「……」

「なによ、嬉しくないのー？　って、あんた凄い顔になってるんだけど!?」

「あ、いや、ちょっと色々あってな。ありがとよ、夏那」

どうやら、顔に出ていたようだ。

ったく、あいつに似た雰囲気でこういうことをされたら、さすがに俺も感傷的になっちまうぜ。

「は、え？　う、うん……どういたしまして……。あ、聖女様にはこれを──」

夏那は赤くなった顔を誤魔化すかのように婆さんの下へ移動する。そこで風太が不思議そうな顔で尋ねてくる。

「リクさん、ネックレスに思い入れがあるんですか？　なんか懐かしいって感じの顔をしていましたけど」

「あ？　ああ、まあ前の世界でな」

「恋人さんから貰った、とか？」

「どうかねえ、懐かしいのは間違いねえけど」

「そう、ですか」

婆さんは出会った頃よりも砕けた感じになり、三人のストレスもいい感じに発散できたので、これで残りの書庫での調査も捗《はかど》る。そう思っていたのだが――


買い物から帰ってきた俺達は、神殿の廊下を歩いていた。

「あー、楽しかった！　ありがとうリク！」

「まあ、たまにはああいうのも悪くないな。気が利かなくてすまん。こら、腕を絡めるな、夏那ちゃん」

「いいじゃない別に。というかさっきは呼び捨てだったのにどうしたの？」

「それこそたまにはいいんじゃないですか、リクさん？」

「やかましいぞ、風太」

おっさんと女子高生が腕を組む絵面は酷いから嫌なんだよ。……とは言えず、渋い顔をしながら部屋へと戻っていく。

明日からの予定を確認するため俺の部屋へと集まり、一息つくことにした。

「ある程度、次の行先の指針ができたのは大きかったな」

「ええ、ここでなにも見つからなかったらどこへ行きます？」

そう尋ねてくる風太に、俺は今後の方針を伝える。

「イディアール王国になるだろうな。帝国はなんだかキナ臭いし、エルフは警戒心が強いからな。ただ、エルフは長いこと生きている種族だから、勇者と会ったことがある可能性はある」

イディアールの状況を見てエルフの森へ行くのが、移動する順番としてはベストだろうな。ここで情報が手に入れば一番いいが期待値は低い。

「ま、今日はゆっくり休憩したし、明日からまた本を漁るのを頑張ろうぜ」

「うん！　いやあ、異世界の町もなかなか面白いわね。別の町に行った時も見たいわ」

夏那が元気よく返事をする。

「観光じゃないんだから……って、どうしたんだい、水樹？」

そこでずっと黙っていた水樹ちゃんの様子がおかしいと気づいた風太が声をかけ、リーチェもふわりと彼女の顔の前に飛んでいく。

『そういえば商店街で買い物をしてから元気がないわね？　どうしたの？』

「あ、えっと……なんでもないよ」

水樹ちゃんはハッとした感じでリーチェに困った笑顔を向けるが、いつものような覇気がないと思い、俺は腕を組む。

体調不良なら訓練を取りやめる必要があるし、なにか考え込んでいるなら聞いておいた方がいいかもしれねえな。

「水樹ちゃん、体調が悪いとか？」

「え!?　ううん、そんなことはありませんよ！」

「そうか。なら、なにか悩みがあるとか？　疲れているとかでもいい。思っていることがあったら教えちゃくれねえか？　喧嘩や不満は絶対起こるものだが、俺達はたった四人の仲間といっていい」

「……」

『そうよ、リクなんてコキ使ってやればいいし』

「こら」

一瞬、水樹ちゃんが微笑むのが見えてホッとするが、すぐに真顔になって俺の顔をじっと見てくる。その表情を見た夏那が訝しげに口を開く。

「水樹、まさかあんた……」

「うん。リクさん、聞きたいことがあるんですけど……いい、ですか？」

「ん？　おお、いいぜ。魔法のことか？　なんでも聞いてくれ」

「ちょ、待って、水樹はなにを――」

それで水樹ちゃんが元気になるならと俺が笑顔で応えてやるが、風太が止めようと水樹ちゃんの肩を掴む。だが、水樹ちゃんはごくりと喉を鳴らした後に、驚くべきことを口にする。

「リクさんが……自分の彼女を殺したというのは、本当……ですか？」

「な……!?」

俺の心臓が跳ね上がり、耳の奥がキーンとなる。

なぜ、どうして知っているのかという疑問が頭の中を巡り、それと同時に動揺している自分に気づく。

だが、こいつらの前でそれを見せるわけにはと思い、シャツの胸のあたりを握りしめながら乾いた口を開く。

「なんでそんなことを聞くんだ……？　それにその言い方だと『誰かに聞いた』ということか？」

『わ、私じゃないわよ⁉』

まあ、そうだろうな。

こいつは俺の分身のような存在だから、俺の意図を汲んで、わざわざ三人の不安を煽《あお》るようなことはしないだろう。

そうなると怪しいのは、俺をメイディ婆さんのところまで案内したフェリスあたりか。

なんとか思考を働かせることで、少し落ち着いてきた。

扉から聞き耳を立てていたとしたら相当な地獄耳《じごくみみ》だなと思いつつ、俺はどうするか考える。

ここで『聞き間違いだ』と誤魔化すのは簡単だ。そうであるという事実を知る者は俺しかいないからな。

しかし、だ。

知られてしまった以上、話すべきなのかもしれない。

なぜここまでこいつらに戦わせないのかと、前の世界で起こったことを。

水樹ちゃんが不信感を持っているとは考えにくく、夏那と風太もおそらくそうだと思う。

人の気持ちというやつが分かる三人だ。仲間だと言うなら話すべきか。

前の異世界での末路……同じ道を辿ることはないと思うが——

「……いいだろう、俺があの世界でなにを見て、なにをしたのかを伝えよう」

「リク、さん？」

「なんか雰囲気が違う気がするんですけど……!?」

一体どういうことなのか、という顔を見せる三人。しかし口を挟んでくることはなかった。

そして俺は語ることを決める。

「俺には確かに向こうで彼女が居た。名はイリス……メイディ婆さんと同じく聖女だった娘だ」

「……！　聖女……」

「そのイリスをこの手で殺したのも間違いない。魔王に取り込まれてしまった彼女を助けるにはそれしかなかったから――」

今でも鮮明《せんめい》に呼び起こされる記憶……思い出したくない。だけど決して忘れてはいけない出来事を三人へ語る。

第六章　過去の因縁

――あれはもう十年以上前……俺を召喚した聖女の名はイリス。

妹のティリスと共に魔王打倒のため、異世界から勇者――俺を喚んだ。

十七歳だった俺は驚き、困惑したものの、ゲームみたいな世界だとはしゃいだものだ。

最初のひと月は修業に明け暮れ、宮廷魔術師のレオールに罵倒《ばとう》されながら魔法を習っていた。

そしてイリスとティリスの護衛騎士のリーダーだったクレスから剣を学び、魔族を倒す旅へ出た。

旅は苦しかったが……楽しかった、と思う。

ビキニアーマーで高飛車《たかびしゃ》な態度の癖に泣き虫な女戦士のロザ。

自分は魔族とは違うと憤慨《ふんがい》し、魔王を倒してやると同行してきた『不死王《ノーライフキング》』と呼ばれたアンデッドのジグラットに、自分を天才だと言って憚らない魔法使いのキリク。

そして……俺の師匠であるアルマ。

特に師匠との出会いは衝撃的だった。勉強になることが多く、戦い方や考え方、人生観……色んなことを学んだ。あの世界の人間でも特異だと言えるほど『変わり者』だったし。

討伐は好調で、俺達は『高位種《ハイレート》』と呼ばれる幹部クラスの奴らを、あと少しで全滅というところまで追い込んだ。

しかしそこで、魔王に一番近い魔族らがとんでもない作戦に出た。

その時、幹部一人を囮にして俺と師匠を聖王都と呼ばれる向こうの世界の中心都市から離した後、そこを総軍で攻めたのだ。

そこには魔王も居て、人間の希望の象徴である勇者と聖女、その片割れを直々《じきじき》に潰すつもりだったらしい。

抵抗したが、まさか向こうからいきなり中心に攻めてくるとは思っておらず、態勢を維持することができなかった聖王都は火の海と化した。

俺と師匠が幹部を倒して、急いで戻ってきた時には――

◆　◇　◆

「イリスさんは……どうなったの？」

そう聞いてきた水樹ちゃんに、いつもより少し優し目の口調で話す。

「……魔王に取り込まれて跡形もなく消えていた。ロザやジグラット、嫌味たっぷりだったレオール……あの戦いでみんな死んだ。俺が戻るのとほぼ同時に隣国から援軍が来て、グラシアという王子に助けられたな。かろうじて生き延びたティリスとクレスを逃がしてもらった」

「その王子様とはお知り合いだったんですか？」

「一応な。グラシアは王族なのにノリのいい奴で、クレスと一緒にティリスを取り合うような一面もあった。いや、それはいいか。結局、取り込まれたイリスを救うことはできず、あの場でリーチェを剣の姿にした『埋葬儀礼《リチュアル》』を振るってイリスごと魔王を討ち倒すことになったというわけだ」

『その後、リクは一瞬で姿を消して、わたしは剣から精霊の姿に戻ったの。そこからティリス達を見つけて、しばらくは暮らせていたんだけど、いつしかあの世界から消えた』

「そういや師匠は――」

と、リーチェに確認しようとしたところで、水樹ちゃんが嗚咽《おえつ》を漏らしながら俺の手を握りしめてきた。

「ご、めんなさい……興味本位で、こんなことを聞いて……。リクさんは優しいから、理由もなく恋人を殺すことなんてあるはずない……それを聞きたかった……んです……」

「水樹ちゃん……」

泣きながらしきりに『ごめんなさい』と呟く水樹ちゃん。

俺がイリスを殺したという話で警戒しているのかと思ったが、どうやら『なにか事情があり、その真実を知りたい』と考えていたようだ。

興味本位も少しはあるだろうし、ずっと隠していたから向こうの世界が気になっていても仕方がない。それに不安もあったのだと思う。

「……許せないわね、魔王。状況的にどうやっても殺すしかないじゃない……」

「うん……」

「……」

それは夏那と風太も同じのようで、魔王に対して不快感を露わにしていた。

そこで俺は深呼吸をすると、もう一度三人へ話しかける。

「俺が勇者として戦った五年は、魔王を倒すことで報われた。それは世界にとってもいいことだった。だけど、今も言った通り、俺自身にいいことがあったかといえばそうでもない。あの時、幹部の誘いに乗って聖王都から離れなければよかったと後悔しているよ」

「そんなことがあったら過保護にもなるのは頷ける、かも。じゃあ、あたし達をロカリスに置いて行ったのは……」

「ああ、結構悩んだぞ。俺が居ない間にまた……って考えてしまうからな」

「はは、スマホが必要だったのはリクさんだったのかも？」

「こいつめ」

確かにそれも間違ってはいないなと思いつつ、風太の頭を軽く小突いてやる。

そこでようやく落ち着いた水樹ちゃんが涙を拭きながら口を開く。

「あの、ありがとうございました。やっぱりリクさんは私達の知っているリクさんで間違いなかったです。それと無理に聞いてしまってごめんなさい……」

「はは、そう言ってくれると嬉しいが、俺以外にはあまり詮索《せんさく》するような真似をしない方がいいということは覚えておいてくれ」

水樹ちゃんは俺の言葉に深く頷いた。

そんなやり取りの中、夏那が顎に手を当ててリーチェを見ながら言う。

「確かにあんまりこっちの人間と関わると別れが辛くなるのはあるわね。それも死に別れているなら特にそう思うわ」

「だからさっさと帰ろうとしてくれているんですね」

「そうだ。この世界はあくまでも『異世界』で俺達の住む世界じゃない。急に元の世界に戻った時の喪失感《そうしつかん》は言葉にできない」

「「「……」」」

三人は真面目な顔で俺の言葉を聞いてくれる。

必死に隠す必要もなかったが、俺も知られたくはないと心のどこかで思っていたのかもしれないな。

「その喋り方が本来のリクってこと？」

「だな。あの乱暴な喋り方は師匠の真似なんだ……あの人みたいに振る舞おうと思ったんだよ」

「ちょっとかわいい理由ね……」

「あの……」

「水樹？」

「リクさん、それと二人共……聞いてください」

水樹ちゃんが神妙な顔になり、俺の目を見つめてくる。思いつめた、という顔ではなく決意をしたという顔だ。

「どうしたんだ、水樹ちゃん？」

真剣な表情で俺を見てくる水樹ちゃんにただならぬ雰囲気を感じた俺は、まっすぐ見つめ聞き返す。

風太と夏那はそんな彼女に対し、固唾《かたず》を呑んで見守るスタンスをとったようだ。

……今までの旅で困ったような顔や寂しそうな表情をしていたことがあった。俺はそれを疲れやホームシックから来るものだと思っていた。

しかし——

「風太くんと夏那ちゃんは知っていますけど、私の家は厳格で特に父親の家系は本当に厳しいんです」

「厳しい、か。もしかして結構な資産家だったりするのか？」

「……はい。いわゆる地主というやつですね」

どうやら親戚《しんせき》に議員がいるレベルの上流階級の家柄で、こっちの世界なら貴族で通りそうなお嬢様とのこと。

だが、その恩恵を水樹ちゃんが受けることはなく、両親や祖父は跡継ぎになる兄ばかりを溺愛していて、彼女は蔑《ないがし》ろにされているそうだ。

「それだけならまだいいんです。行動を束縛《そくばく》されているわけじゃありませんから。だけど、高校を卒業したら大学には進学せずに結婚しろと言われていて……」

「はあ!?　なにそれ、初耳なんだけど!!」

夏那が大声を上げる横で、リーチェが首を傾げる。

『異世界じゃカナくらいの年齢で結婚している子は珍しくないわよ？　貴族なら政略結婚もあるんじゃない？』

「リーチェ、僕達の世界だと十代で結婚する人はそれほど多くないんだ。政略結婚なんて今の日本じゃあり得ないしね。それにしても。結婚なんて……」

風太が困惑しつつそう言うと、水樹ちゃんは話を続ける。

しかも、その結婚相手に大きな問題があった。卒業すれば水樹ちゃんは十八歳、そしてお相手というのはどこかの会社を経営している四十前のおっさんだというのだ。俺より歳を食っている。

「社長だかなんだか知らないけどいやらしい……!!　ちょっと水樹の家に殴りこんでくる!!」

「落ち着け夏那、今はどう考えても無理だ」

「う……」

呻く夏那。だが今度は思い出したように水樹ちゃんへ詰め寄っていく。

「あ！　だからあんた風太のことを諦めてんの？」

「え⁉」

夏那の言葉に、風太が驚いた声を上げる。

ああ、転移前に繁華街で水樹ちゃんが二人より離れて歩いていたのはそう言うことだったかと、今になって納得がいく。

しかし彼女が今、聞いてほしいということは、なにか意味があるのだと耳を傾ける。

「そうだね、だから身を引いたの……。政略結婚もそうですけど、あの家は私を道具かなにかだとしか思っていません。そんな家に帰るくらいなら、ここで一生を終えるのも悪くないと……考えています。リクさんが私達のために尽力してくれていることは凄く感謝しています。だけど……戻っても……」

ここに来て怖いことはたくさんあった。しかし、魔法を覚えたり旅をしたりすることで、向こうにいる時より充実していたという。

それでもこっちの生活の方が不便なので、残るという選択肢は考えにくい。普通なら。

だが……それくらい家に帰るのが嫌だということらしい。俺は少し考えた後、口を開く。

「……そのこと自体は個人の自由にしてもらってもいい」

「リク……!?」

「お、置いていくんですか!?　向こうに戻ってなにか手立てが――」

「難しいな。こっちじゃ俺達は勇者様だが、日本に戻れば俺はただのサラリーマンで、お前達は高校生。水樹ちゃんをどうにかするには、力不足だ」

「風太が彼氏になれば……」

「ダメだよ、夏那ちゃん。あの人達はどんな手を使ってでも阻止《そし》してくると思う」

困ったように笑う水樹ちゃんは諦めも混じっているって感じだな。

俺が匿《かくま》っても警察を呼ばれてゲームオーバー。向こうに戻った時点で水樹ちゃんは奴隷のような扱いに逆戻り。

現代日本で婚約者がいるというのも変な話だが、お堅い家柄にはあってもおかしくない。今じゃ毒親という言葉もあるくらいだ、それが彼女の家だったわけである。

「だから……私だけ置いて帰ってもらえませんか？」

「分かった。まだ方法は分からないけど、その時が来たら水樹ちゃんの意思に任せる」

「そんな……」

「いいのよ、夏那ちゃん。もしかしたらこっちで役に立てることがあるかもしれないしね。リクさんみたいに一人でゴブリンをたくさん倒せるようになるかも？　なんてね」

泣きそうな夏那の頬に手を当てながら笑う水樹ちゃん。その顔に悲愴感は感じられず、むしろようやく言えたという安堵の表情に見える。

自分の意思で残るなら覚悟はあるだろうし、『勇者』としての力があると思われる水樹ちゃんなら生き残ることはできるだろう。心残りとしてはこの三人組が一緒にいるところを見られなくなることか……

俺はなにか方法はないかと腕を組んで考えながら、頭を抱える彼らを見守るのだった。

◆◇◆

【アキラスめ、定期連絡もせず一体なにをしている？　ロカリスはこの辺りだったか？】

リク達が深刻な話をしていたその頃、他の国を攻めていたとある魔族が、ロカリスの上空に到着した。

侵攻状況の確認……ではなく、自身の手伝いを定期報告に来た時に頼むつもりだったが、連絡が途絶えたため自ら会いに来たのだ。

【……？　妙だな……確か城で姫に憑いたと聞いていたが、結界が張られているではないか】

魔族が城に近づくと――

【馬鹿な……。これほど強力な結界があるのか？　それにアキラスの気配は……ない。まさか、人間に討たれたのか？　……あっちはどうだ】

魔族はまさかと思いつつ、エラトリアとボルタニアへ向かう。

だが、仲間が攻撃を仕掛けているような気配はなかった。それは、この辺りを受け持っていたアキラスが消滅したことを示唆《しさ》していた。

【おのれ……高位魔族は生み出すのも大変だというのに、あの馬鹿は死んだのか。しかし一体誰が……いや、このレベルの結界を作れるとすればあそこしかない。新しい聖女でも生まれたか？　そうであれば始末せねば――】

聖女は諸刃《もろは》の剣だと呟いて、魔族はグランシア神聖国へと飛んでいく――

◆◇◆

俺は今、グランシア神聖国の神殿の自分の部屋で寝転がって考えごとをしていた。

――水樹ちゃんの家庭の事情を聞いて複雑な思いがあったものの、今後の指針を変えるほどではない。

正直な話をするなら、俺だって前の異世界にそのまま残りたかったので気持ちは分かる。

俺は両親と死別していて、親戚連中をたらい回しにされていたから、元の世界にはそれほど未練がなかった。

同世代の友人は居たが、異世界からの帰還後は精神年齢の差で距離ができてしまった。そのため、学生時代にあまりいい思い出はない。

親の遺産《いさん》で大学も行けたし、不自由はなかった。若干ブラック寄りの企業に入ったのも、仕事をしていれば余計なことを考えずに済むと思ってのことだった。

「……」

『どうしたのよ、リク、難しい顔をして』

リーチェが寝転がっている俺の前に飛んできて口を開く。

「いや、自分のことを考えていた。向こうに戻るんだとか言っておきながら、自分は日本に未練がないことに気づいた」

『ああ、あんたは向こうに家族はいないもんね……。それで、ミズキのことはどうするの？』

本来なら元の世界へ戻してやるのが大人の務めだ。そのつもりでずっと動いてきた。

だけど、彼女のように戻ったところで待っているのは地獄ということであれば、好きにさせるのもアリなのかもと思っている。

向こうに戻って、逃げる算段があれば政略結婚を回避できて幸せになれるかもしれないが、現状、それを叶えるのは難しい。

『なんだっけ、リクがシャチョさんになればミズキの家より偉くなるんじゃない？』

「よく覚えているな、お前。だが俺はそんな稼いでいない、しがないサラリーマン……こっちで言ったら稼げない冒険者と同じだぞ」

『えー、愛の逃避行《とうひこう》とかいいじゃない』

「俺が戻ったらその時はまたお前は消えるんだけどな？」

『あ、それは嫌かも。ここに残りましょう、リク』

手のひら返しが早いリーチェに苦笑しながら目を瞑り、ひとまず慌ただしかった一日を終える。

……明日からまた書庫での資料探しと訓練の日々が続く。

水樹ちゃんのことはまた気が変わるかもしれないので、とりあえず様子見といこう。

フェリスについては一旦保留だが、要注意人物になったな。

境遇には同情するが、盗み聴きをする奴のところにいつまでも居られない。

情報を得たらすぐに出ていくべきだと判断した。アキラスが憑依していた時のエピカリスみたいに、俺達を洗脳するなんてことを考えかねないからな。憎しみは……人を変えるのだ。


——そして翌日。


庭で訓練をするため待っていると、槍を担いだ夏那ちゃんが歩いてくるのが見えた。

「今日は夏那の日だったか」

「鍛えてもらうわよ、リク。昨日も言ったけどあたし達も指をくわえて見ているだけじゃ、いざって時に動けないからね」

「……確かに。ここまで俺は過保護にしてきたが、それでも戦うという覚悟がお前達にあるならやぶさかじゃない。それじゃ、少し本気でやるか」

「……!?」

庭で対峙する夏那に半身で構えて戦闘態勢を取ると、瞬時に彼女の顔色が変化した。

空気が変わったことにすぐ気づけるのは優秀な証拠だ。胸中で微笑みつつ口を開く。

「開始だ、本気で打ち込んでこい」

「望むところよ……！」

◆
◇
◆

「リクさん、夏那！」

しばらく訓練を続けていると、風太がやってきた。

「おう、風太。もう昼か？」

「まだですけど、情報が……って大丈夫かい夏那!?」

「うう……だ、大丈夫……。風太、リクと本気で戦いなさい……いい訓練に、なるわ……」

「気絶しなかっただけ大したものだけどな」

「化け物め……あれで少し本気とか嘘でしょ……」

夏那がそう呻き、大の字になって寝転がる。

確かに手加減はしたが、ゴブリンキングと戦ったより少し弱い程度の力で戦っていたので彼女はそれなりに頑張ったと言える。

夏那は疲れてしばらくは動けないだろうし、俺は夏那の様子を見て冷や汗をかく風太に声をかけることにした。

「それでいい情報でもあったのか？」

「え、ええ。気になる記述があった本を、許可を貰って持ち出してきました。これを見てください」

「どれ。……こいつは!?」

風太から渡された本の指定されたページを読み、俺は目を見開いた。

別に帰還に関する記述ではないのだが、驚くに相当する書物だった。内容は『異世界人の召喚』に関するもの。

さらにページをめくると、召喚方法など、先人が見聞きしたであろう項目がいくつかあった。

「どうですか？」

「……面白いものを見つけたな。きちんと読み込めば俺でも召喚できるんじゃないか……？　いや、制限がある、のか？」

「召喚できたとしたら凄いですね」

「まあ、迷惑になるから帰る方法を見つけてからになると思うけどな」

いきなりそんなことをしたら、俺達を喚んだこの世界の人間と変わらない。帰還方法が見つかれば試してもいいかもしれないが。

「まあ使うことはないだろうけど、念のため写しておくか。悪くない情報だった、サンキュー風太」

「……帰還方法は分からないかもしれないですね」

「いいさ。意図的に隠している可能性だってあるんだ、見つかる方が稀《まれ》かもしれない」

「よっと……確かにね。勇者を強力な駒として考えたら、元の世界に返す必要ってあんまりないもの。あ、水樹も来たわね」

夏那が鋭い指摘を口にしながら、水樹ちゃんへ顔を向ける。

そう、異世界人がどう考えようが、この世界の人間からすれば残っていてくれた方が助かるのだ。

「そろそろ昼飯かな、休憩を——」

と、そう口にした時、嫌な気配を感じて俺は空を見上げた。

そして次の瞬間——

「きゃあああ!?」

「な、なんだ!?」

水樹ちゃんと風太が大声を上げる。

婆さんが張っていた結界が大きく揺れ、それに伴い神殿も激しく震動する！

「っと、どうやらお出ましのようだぞ」

「ま、魔族……!?　うわ！」

同じように上を見上げた風太が信じられないといった声を出す。

神殿が二度、三度と大きく揺れ、上空では魔族だと思われる男が結界に魔法をぶつけているのが見える。

しかし、町全体に覆われた結界を破ることはできず、苛立っている様子だ。

結構な上空なので姿はちゃんと見えないが、空を飛んでいるので魔族で間違いないだろう。

そこに、メイディ婆さんがやってきた。

「リク!!」

「婆さん、魔族が強襲してきたみたいだが結界は大丈夫か？」

「しばらくは問題ないが、あれを撃ち込まれ続けたらさすがに破られるわい。迎撃準備をしておる。リクよ、なんとかできぬか？」

「俺は空を飛べないからな……内側からの魔法は貫通させられるか？」

「ここに入った時点で『こちら側』と見なしておるからいけるぞ」

基本的に人間なら門から入る際に、メイディ婆さんが敵か味方かの『識別』をしているらしく、味方と判断された者は内側から攻撃が可能になるとのこと。その部分は俺の結界より優秀だな。

「なら遠慮なく撃たせてもらうぜ！〈煉獄の咢《パーガトリィ》〉！」

「出た、リクの魔法！」

なぜか夏那が嬉しそうに叫ぶ中、黒い炎は一直線に魔族へ飛んでいく。

牽制なので命中したのを確認するのは後でいいと、俺は結界の外に行くため駆け出す。

「俺は結界外へ行く、ここから動くなよ！」

「僕達も行きます！　そのために覚悟を決めたんですから」

「はあ……仕方がないな、リーチェ、ガードを頼むぞ」

『オッケー！』

俺は覚悟があるならと、風太達がついてくることを止めなかった。最悪、リーチェが守ってくれるというのもあったからだ。

俺は広い町の中を、出口の門へ向けて全力で走る。走りながら空を見ると、魔族が俺の魔法を直前で回避するのが見えた。

ま、この距離なら妥当なところだろう。攻撃の手を止めるのが目的だから当たらなくても構わない。途中で何回か〈烈風《スラッシャー》〉をばらまいて魔族に攻撃を仕掛けると、攻撃者の俺に気づいたようで、向かう先へと降りてくる。

「お気をつけて……！」

「ああ、行ってくる」

すぐ扉を閉めるよう門番に告げて外に出ると、魔族も降りてくるところだった。

「よう、派手にやってるな？　……え!?」

そして俺はそいつの顔を見て目を見開く。

「どうしたんですか？」

風太が俺の様子を見て首を傾げていた。

【人間の癖に強力な魔法を持っているな？　今の俺は聖女に用があるのみ。邪魔をするというなら……少し早く死ぬことになるぞ？】

「勝手なことを言わないでよね。人間を苦しめているあんた達が消えるべきよ」

「そうです！　勝手にこの世界に来て荒らしまわっているなんて最低です！」

驚いて声を出せない俺をよそに、夏那と水樹ちゃんが啖呵《たんか》を切る。

【ほう、怯みもしない、か。気概のある女達だ。……ふむ、この力……どっちが新しい聖女だ？　しわがれた婆さんもそろそろ限界か。私の名は――】

そう言いながら腰の剣を抜く魔族の男。

いけ好かない顔に長い緑の髪……俺は、こいつに、見覚えがあった。

「お、お前は『高位種《ハイレート》』の一人……レムニティ⁉」

【なに⁉　名乗る前に名前を当てるとは空気の読めない奴……！】

「し、知っているんですか……？」

風太の言葉に頷く俺。

『魔空将レムニティ』、それは前の異世界で戦った六人の高位魔族の内の一体の名前だ。

そいつと同じ容姿をしていたのでつい口にしたが、この様子だとどうやら間違いないらしい。

前の異世界で一国を手中に収めて、戦争を焚き付けていた魔族。実力は折り紙付きで、リーチェを創った後でなければ、敗北を喫《きっ》していたであろう実力者だ。

自分が戦うことになると部下を退かせタイマンでやり合うという、騎士道精神を持つ珍しい奴だったと記憶している。

「おい、レムニティ！　なんでここに居る！　それと俺を覚えているか？」

【なんだと？　……お前のようなおっさん、まして人間に知り合いなど居ないが？】

「俺はリク。前の世界でお前を倒した人間だ」

【前の？　なにを言っているのだ、貴様……？】

『本気で知らないみたいね』

しかし、こいつはあの時、確かに『埋葬儀礼《リチュアル》』で塵にしてやった。それがどうしてこの世界に……？

「リクさん、顔色が悪いですよ」

訝しむ俺に、風太が話しかけてくる。

「ああ……さすがに驚いたからな。おいレムニティ、お前の主人……魔王の名前は『セイヴァー』だな？」

【な、なぜお前が魔王様の名を……！】

「ま、まさか……⁉　え、リクさん⁉」

水樹ちゃんが冷や汗をかきながら俺の顔に目を向けて一歩引く。

ああ、もしかしたら今、俺の顔はとんでもないことになっているかもしれないな。

「魔王の下へ案内してもらおうか！」

【なにを馬鹿な……っ⁉】

「はああああ！」

答えを聞く前に間合いを詰めて斬りかかる。『埋葬儀礼《リチュアル》』だと塵にしてしまうので普通の剣を使う。

「つべこべいわずに案内しろ！　魔王には借りがある。もう一度会えるなら、俺は行かなければならない！」

【ぐっ⁉　わ、私が押されているだと……！　この力はまさか勇者……！　そうか、アキラスは召喚に成功して作戦は失敗したのか！】

「なにを言っている……！　風太、回り込んで動きを封じてくれ！　セイヴァーが居るなら、元の世界へ帰る方法は、やはり魔王を倒すのが手っ取り早いかもしれん」

「……！　はいっ！」

風太が剣を抜いてレムニティの背後に回り込んで逃げ道を塞ぐ。直後、炎の魔法がレムニティを襲った。

【ぐっ⁉】

魔法は夏那が放ったものだった。しかしレムニティは少し怯んだ程度ですぐに体勢を立て直す。

「うわ、あんまり効いてない……⁉」

「こいつは幹部クラスだ。風の自己防衛魔法が自動でかかっているから魔法は効きにくい。だが、思い切りのよさは悪くないぞ、夏那」

「う、うん、ありがと！」

夏那がそう言いながら、レムニティの側面へ立ち位置を移す。

「なら私はこっち……！」

さらに水樹ちゃんが夏那とは逆の側面へ移動して弓を構えると、俺達はレムニティの四方を固める形になった。

……正直、この可能性はまったく考えていなかった。なんせこいつらは俺が全員葬ったはずだからだ。だが、俺のことを知らないのはどうしてだ？

「いや、聞けばいいだけか。知っていることを話してもらうぞ！　風太、奴の足下に向かって魔法を撃て！」

「……はい！　〈ウインドストリーム〉！　夏那！」

「ほいっと！」

【なかなかやるな……!!　人間らしく数で来るか！】

俺の攻撃を受け止めたレムニティへ、風太の魔法が迫る。それを嫌がって回避したところに夏那の槍が脇腹を掠《かす》めた。

【チィ、速いな……！】

「大人しく捕縛《ほばく》されろ」

【うお!?】

俺はレムニティに近づき、奴の腕を斬り落とすべく剣を振り下ろす。

アキラスを始末した時と、今度こそわけが違う。なんせ前の世界で戦った高位魔族がここに居る。あの時確かに殺した……塵になったはず。

それが別世界で生きている。

俺を覚えていないということの真相を問い質《ただ》すことも含めて、こいつは絶対に生け捕りにしなければならないのだ。

「くく……はははは!!」

知っている顔を見て、事態の解決ができるかと、俺の口からは思わず笑い声がこぼれる。

【笑っているだと!?　イカれているのか！　〈真空の渦《ヴァキュリティ》〉！】

「うわ、魔法が切り裂かれる……！　くそ、風系魔法ならこいつでどうだ、〈ワイルドストーム〉！」

得意とする風魔法が相殺されたことに驚愕するレムニティ。

【小僧が!!】

俺はその隙に間合いを詰める。

「前を向いた方がいいんじゃないか?」

【チッ!】

正面から攻撃している俺から目を離すわけにはいかないと、直感で動いているあたり前の世界と同一人物だと悟る。

「ハッ! ……風で押し返される上に皮膚が硬いから矢が通らないわ!」

【そこか! 飛べ、〈烈風《スラッシャー》〉!】

「リクさんと同じ魔法……!? きゃあ!」

矢を放った水樹ちゃんに対し、魔法で応戦するレムニティ。その威力は強く、水樹ちゃんは回避したのに体勢を崩してしまう。

しかし、夏那はレムニティが魔法を放った一瞬の隙を逃さず、槍で攻撃を仕掛ける。

「足元がお留守よ!」

【小娘ごときが!】

だがレムニティは槍を避けて蹴り飛ばし、夏那はたたらを踏みながらも再び槍を叩きつける。

「ぐっ……これくらいで!」

「そのまま抑えてくれ、夏那!」

風太の機転と水樹ちゃんの矢。そして夏那の攻撃が休みなくレムニティを攻め立て、追い詰めていく。

「くらえ！」

【なんの！　離れろ人間ども！】

それでも耐えているレムニティはさすがと言っていい。相変わらずの強さだ。

前回は俺一人で戦ったが、これくらいなら凌《しの》がれていただろうなと思い返す。

【勇者といえど、調子に乗るなよ、人間……！】

「うわ……!?」

「風太君！」

レムニティは接近している俺と風太の内、隙のある風太を攻撃した。

まずいかと思ったが、風太は咄嗟にヴェロン王から貰ったブレスレットから魔法盾を発動させた。

そのため傾が少し切れたのと、魔法盾にヒビが入った程度で済んだ。

「水樹は風太をお願い！　リク、畳みかけましょう！」

「ああ！」

その間に夏那の槍が奴の足を捉え、俺の剣がレムニティの肩に食い込んだ。

【ぐ、存外強い……！】

「こっちのセリフよ！　あたしも鍛えているのに、動きに追いつくのが精一杯だなんて！」

「観念してセイヴァーのところへ連れて行け！　生きているなら今度こそお前らは皆殺しだ！」

【黙れ!!】

「チッ、まだ元気だな……!」

『リク、私を使わないと!』

リーチェが空中で叫ぶが、俺は構わずに攻撃を続ける。途中、収納魔法からフック付きロープを取り出す。

「たあぁ!」

そこへ水樹ちゃんに傷を治してもらった風太と夏那の攻撃が叩き込まれる。

だが、それをレムニティは捌きながら羽を広げた。

【空から――】

「空になど逃がすか!!」

【うお!? 貴様っ……!!】

俺はフック付きロープを瞬時に取り出すとすぐに振り回して、奴の腕に絡みつかせた。少し浮いたが引きずり下ろし、再び膠着《こうちゃく》状態に。

羽を切り落とすには、広げさせる必要があったから、対応としては上手くいった。

そこでレムニティが視線を動かしながら口を開く。

【アキラスが死んだのも頷ける。正直、ここまでやれる人間と戦ったのは初めてだ。驚いたぞ。奴が死んだのは聖女の差し金かと思い、ここへ強襲したが正解だったようだ】

「逃がすつもりはないぞ? 援軍も来ないだろう?」

【フッ、その通りだ】

「こいつの喋り方、キモくない？」

【……】

夏那が辛辣《しんらつ》な言葉を投げかけるが、俺は目を逸らさずに、『まだ隠し玉があるかもしれないから油断するな』と三人へ言う。

レムニティは『なぜ知っている』と訝しんだ視線を俺に向けた。

「お前は俺を覚えていないようだが、前の世界のことは覚えているのか？」

【……前の世界だと？　さっきからなんのことを言っているのか分からんが……お前はそこから来たのか？】

「知らないんですか……？　この世界に五十年前やってきた時はどうだったんだろ……」

水樹ちゃんがそう尋ねる。

【我々は魔王様から生み出される存在だ、この世界が生まれた場所だと思うがね？】

……しらばっくれている感じはないな。

水樹ちゃんの問いに本気でそう答えていると見ていい。

だが、さっき水樹ちゃんが叫んだように、俺と同じく向こうの世界の魔法を使っていた。

どういうことだ？　こればっかりはまったく点と点が繋がらない。もはや魔王――セイヴァーに聞くしかないだろうか？

そうと決まればさっさとケリをつける。そう思ったその時――

「魔族……私の両親を殺した魔族……！　死ね！〈ホーリーランス〉！」

「フェリスさん⁉」

「馬鹿、下がっていろ！　お前では手に負えない！」

いつの間に来ていたのか。フェリスが夏那の後ろから光の槍を撃ち出してきた。

魔法を見るに、聖女候補として鍛えていることが窺える。

だが婆さんの言う通り、心が憎しみで荒んでいるため、聖女としての能力は期待できるものではない。おそらくあの魔法もレムニティには効かないだろう。

フェリスの能力の低さを裏付けるかのように、レムニティは剣で軽く〈ホーリーランス〉を弾いて、フェリスへと返していた。

【くく、これは僥倖……！】

「あ⁉」

自分の攻撃が跳ね返ってきたフェリスは、驚きの声を上げ固まってしまう。

「夏那、槍で魔法を逸らせ！」

「あ、え⁉　この……！」

夏那の槍がホーリーランスを掠めるが、少し軌道が逸れただけだった。フェリスは立ち尽くしたまま……ダメか！

「クソが！」

俺もロープから手を放して駆け出し、〈氷刃《アイシクルダガー》〉でなんとか相殺することに成功した。

だが――

「逃がすか！」

拘束が解かれたレムニティが羽ばたこうとするのを見て、風太が叫びながら斬りかかっていく。

【なんの……！　少し本気でいかせてもらおう】

少し浮かんだところでレムニティがレイピアのような剣を横薙《な》ぎに振るい、風太の剣とぶつかり激しい金属音がした。

「重い……!?」

「風太！」

俺は思わず風太の名前を叫び、水樹ちゃんがレムニティへ牽制の魔法を放つ。

「私が！　〈ハイドロセクション〉！」

【チッ、水魔法使いか……！　ここは私一人では厳しいな。一旦引かせてもらおう】

そう言ってレムニティが空へ逃げるのを見て、相変わらず引き際がいいと歯噛みする。

だが、ここで逃がすのはどうひいき目に見ても得策じゃない。

「水樹ちゃん、夏那、羽を撃て！」

「は、はい！　〈ハイドロセクション〉！」

「今なら！　〈フレイムバレット〉！」

「届け！　〈爆裂の螺旋《ブラスト》〉」

俺も二人に合わせて魔法を放つ。しかし――

【なんの……!!】

「風圧で返された!?」

上に向かって放った魔法は奴が起こした風で押し返される。夏那が驚いた声を上げ、俺は眉間に皺を寄せ冷や汗を流す。

【また会おう勇者ども！　……む!?】

風太達をもう少し鍛えられていたらと思うが、今は仕方がない。すぐに追う準備をすると、そこでレムニティの身体が急速に降下してきた。

「逃がさぬぞ……！」

【ぐぬ……！】

「婆さんか！」

フェリスを追ってきたのであろうメイディ婆さんがなにかしらの技で動きを封じているようだ。

そう言えばイリスも似たようなのを使っていたので、同じ類のものだろう。

「ありがたい！　レムニティ、覚悟！」

俺は婆さんに感謝し、投擲《とうてき》の構えを取る。

【おのれ聖女……！　邪魔をするならここで死ぬがいい！　……ぐあ!?】

全力で投げた俺の剣がレムニティの胴に食い込む。だが、同時にレムニティが婆さんに魔法を放ち、無防備だった婆さんの胸を貫いた。

「おお……!?」

「メイディ様!?」

婆さんが苦しみの声を、フェリスが驚愕の声を上げる。

救助に行きたいが、レムニティを逃すわけにはいかないとその気持ちを抑え込む。

「水樹ちゃん、婆さんは頼んだ！」

「ええ！」

俺は地面に近づいてきた奴の足首を掴んで、勢いよく引っ張る。

【は、なせ……！　貴様、本当に強いな……！　私の防御魔法と皮膚をあっさり通すとは……！】

「二回目だからな！」

【わけの分からんことを……！】

いける！

これならこいつを捕らえることができると、魔法で気絶させるべく足首を掴んだ左手に魔力を込める。

その瞬間、レムニティは驚くべき行動をとった。

【ぐぬううううう!!】

レムニティは胴に刺さった俺の剣を掴み、まるで武士の切腹のように自身の体を斬り裂いたのだ。

「じ、自分から胴を薙いだ!?」

「なんだと！」

その行動に、思わず声を上げる風太と俺。

掴んでいた足首が不意に消えて力が抜ける。直後、レムニティは上半身だけ空に舞い上がる。

【はあ……はあ……。リクと言ったか……覚えておくぞ……私はヴァッフェ帝国を任されている身、ここで朽《く》ちるわけにはいかんのでな。追ってくるがいい。決着はそこでつけるぞ】

「あれで生きているなんて……」

上半身だけになりながら喋るレムニティを見て、驚きを隠せない夏那。

「待て……!!」

俺はレムニティを追おうとするが、水樹ちゃんに声をかけられる。

「リクさん！　メイディ様を！　私の魔法だけじゃ――」

「くっ……！　分かった……！」

【……さらばだ】

奴は俺達を『強者』と認識した顔で飛び去って行く。

婆さんの傷はかなり深い。俺はへたりこんでいるフェリスを睨みながら、婆さんの治療に専念することにした――

◆
◇
◆

「ぐぬ……」

「動くな、傷は塞がったが血を流し過ぎだ」

「すまん……」

その謝罪はなんに対するものなのか、とは聞かなかったが、おそらくフェリスの失態と自身が足手まといになったこと、その両方だろう。

俺は近くで青い顔をしているフェリスに視線を移す。

レムニティ戦の後、俺はすぐに回復魔法で婆さんを治療した。呼吸が安定したところで神殿へ運び、今に至る。

呆然としていたたフェリスは水樹ちゃんが支えて連れて帰り、夏那はずっと彼女を睨みつけていた。

フェリスの境遇も行動原理も、理解できないわけじゃない。

だが、できることとできないことの見極めは重要で、個人の能力には限界がある。

それを埋める行動を努力というが、先ほどのフェリスの行動は『できること』の範疇《はんちゅう》を越えていた。

復讐をしたいという意気込みは買うし、自分の体を売ってまで倒してほしいという頼む強《した》かさも悪くない。

しかし、その行動で他人の邪魔をするのは違う。

今回はたまたま助かったが、夏那が魔法を弾かなければ、俺の魔法も間に合わず、フェリスはここに居なかった。

恐らくフェリスの暴走を止めるため、婆さんはあの場に駆け付けたはず。レムニティが放った魔法の当たりどころが悪ければ、婆さんは死んでいただろう。生き残ったのは婆さん自身の強固な防御魔法と俺の治療のおかげだ。フェリスのせいで婆さんは死にかけたわけだが、自分の失敗の埋め合わせすらできていないのは最悪だ。

「……なんで飛び出してきたんだ？　あのまま任せてくれれば確実に捕らえることができたのに。自分の手でと思うかもしれないが、あれは幹部……魔王直属の部下だ、聖女ですらないお前が手に負える相手じゃない。それは肌で感じていたと思うが」

俺はフェリスに問いかけるが、彼女からの返事はない。

「……」

「なんとか言いなさいよ、魔族を逃がしただけじゃなくてお婆ちゃんがケガ……ううん、死にかけたのよ？」

ベッド横にある椅子に座っていた夏那が激昂《げきこう》しながら立ち上がりフェリスを怒鳴《どな》りつけるが、フェリスは黙ったまま。そこで水樹ちゃんが口を開く。

「……リクさんが戦いをさせたくない理由、分かった気がします。中途半端に力を持って振りかざすと傷つく人もいる。だから過保護になるか、今みたいに鍛えすぎるくらい鍛えるまで戦わせないようにしていたんでしょう？」

「おおむね正解だよ」

俺は肩を竦めながら、水樹ちゃんに笑いかける。

昔、調子に乗った俺が仲間を窮地に陥らせたのは苦い思い出だ。その反省から、俺はより強くなるための訓練を開始した。

あれがなければ俺は魔王討伐どころかもっと早くに死んでいただろうし、こうやって三人を冷静にここまで連れ回すことはできなかっただろう。

「僕達はこの世界に来る前、戦いとはあまり縁のない世界に居ました。だから魔族に国が亡ぼされて、両親を目の前で殺されたあなたの気持ちは……きっと分かりません。だけど、許せないという気持ちは分かります」

風太がそう言うが、相変わらずフェリスは口を開かない。

「……」

「僕達の戦いを見て、魔族を倒さず捕まえようとする行動に怒りを感じ、自分で手を下したくなる、というのも理解できます。だけど、多分メイディ様は止めたはずです。それを振り切ってまで出てくる必要はなかったかと……」

風太もさすがに擁護《ようご》できないと思っているのか、厳しいことを口にする。

安易に同情をしないのは少し驚いたが、こいつが持つ優しさはただ甘やかすだけのものではないと思えば、夏那達が好意を寄せるのは当然だと感じた。

「……なぜ、倒してくれなかったんです……」

フェリスはようやく重い口を開けた。

「ん？」

「あの魔族を……！　あと一歩だったのに逃がしてしまうなんて！」

「おいおい、それはお前のせいだろう。あそこで出てこなかったら捕らえられたと――」

「捕らえる？　なにを言っているんですか！　魔族は人間の敵、皆殺しにすべきでしょう？　モタついているようだったから私が殺そうと思ったのです！」

よくない傾向だ……

それはフェリスの都合であって俺達の求めるところじゃない。それを強要される謂《いわ》れはない。そして、あいつはおそらく前の世界の魔族だ。

それがこの世界に居るということは、あいつから情報を求めれば、奴らが五十年前ここに来た時のことが詳しく分かるかもしれないのだ。それこそ俺の都合ではあるが、『なんとかできる』という点で優先順位は殺すより、捕らえる方が上だ。

それに情報次第では、あいつらをこの世界から『追い出す』こともできる可能性は高い。

「……あまり身勝手なことを言うなよ、俺達には俺達の都合があるんだ」

俺がそう言うと、フェリスはより目つきを鋭くして喋り出した。

「馬鹿なことを……あれだけのことをした魔族を生かしてどこかへやるなんて……。そういえば知り合いみたいでしたし、もしかして魔族と通じているんじゃ――」

「……！」

そこでフェリスの顔が吹き飛んだ。

言い過ぎかもしれないが、俺を睨みつけていた顔がぐるりと明後日の方へ向いたのは確かだ。

フェリスが尻もちをついたところで、頬を引っぱたいた夏那が怒鳴る。

「あんた、ふざけるのもいい加減にしなさいよ！　もしリクが魔族と通じているならここに到着した時点で荒らされているわ。ロカリスもエラトリアもボルタニアも酷いことになっていたかもしれない。聞き耳を立てる趣味の悪いことをしていたのに、そんな判断もできないの？　馬鹿すぎて腹が立つわね!!」

まくし立てる夏那に、応戦するフェリス。

「異世界人は大人しく魔王を倒せばいいのよ!!」

「この……！」

「止めぬかフェリス!!　う、ごほっ……」

「……!?　メ、メイディ様……しかし……」

二人が掴みかかったところで婆さんが体を起こしてフェリスを窘める。しかし声を荒らげたせいで咳き込んでいた。その間に俺は夏那の肩を掴んで引き戻す。

「もういい夏那。こうなった以上、俺達も次の行動に移さないといけない。勇者にまつわる話どころか、鍵になりそうな奴が現れたからな。それに魔王に俺達のことを知られるのも、今はまずい。

急いで帝国へ行くぞ」

「リク……うん……」

俺がそう言うと、夏那は小さく頷いた。

呼吸が整い始めた婆さんが、フェリスに向かって口を開く。

「フェリス、お前は聖女候補から外れてもらう。今後の対応が決まるまで自室で謹慎《きんしん》しておれ」

「そんな……！　それでは修業が……力が……!!」

フェリスは納得いかないという感じで慌てて立ち上がる。だが、他の聖女候補に両脇を抱えられて退場した。これは仕方ないだろう。

このままだと魔族が出てくるたびに暴走して迷惑をかけるからな。睨む夏那を落ち着かせ、わめくフェリスを見送る。

「フェリスさん、憎しみのあまり周りが見えていないのでしょうか……」

それを見ながら、水樹ちゃんがそんな風に呟いた。

「そうだな――」

なんにせよこれであいつの目標は閉ざされた。自分の手で、閉ざしたのだ。

――しかし、その日の夜。フェリスは自室から脱走し、グランシア神聖国から姿を消した。

◆　◇　◆

「はあ……はあ……。腰抜けの勇者達め……。私は必ず魔族を滅ぼす……どんな手を使ってでも……！　魔法……力を、もっと――」

◆　◇　◆

フェリスがグランシア神聖国を脱走したという話を聞いたのは次の日の朝のことだった。

「チッ、あの馬鹿……」

俺の舌打ちに、話を伝えてきた聖女候補が頭を下げる。

「も、申し訳ございません……」

「気持ちは分かりますけど、この人達もわざとじゃないだろうし……」

あからさまに苛立つ俺を、風太が窘める。

「それは分かっているんだが、どうしてもな」

「リクがこれだけ怒るのは初めてよね。あー、もうあのクソ女!!」

「夏那ちゃん!?」

夏那のあまりの暴言に、水樹ちゃんが思わず声を上げた。

それにしても、最悪に最悪を重ねてくれる女だと俺はまた舌打ちをする。

周りの聖女候補達が困惑しているのは俺に睨まれているから。……というのもあるが、近くにあった円柱をぶん殴っているのを見て引いているからだと思う。

「ど、どうしますか?」

「フェリスは婆さんに任せる。確保して、できればそのまま監禁しといてくれ」

「う、うむ……」

「あの、メイディ様はまだ体調が……」

聖女候補の一人が、不満げな声を出す俺を咎《とが》めるが、これは異世界人《俺達》が今後も暗躍できるかどうかにかかってくる。

レムニティの件は不可抗力だが、フェリスは自らの意思で出て行った。

俺達に対してロクでもないことを言いふらす可能性や、他の国に告げ口をして強制的に魔王討伐をやらされるかもしれないのだ。心中穏やかでいられるわけもない。

「いいのじゃ、これはフェリスを止められなかったわしへの罰じゃろう。ギルドへ通達し、フェリスの捜索を依頼してくれ」

「か、かしこまりました……」

聖女見習いが出て行くのを見送り、俺達だけになったことを確認する。

今度は魔法で声が漏れないようにしてから、婆さんへと声をかける。

「別にあんたのせいじゃないさ。ああいう風に暴走した奴は、口で言っても分からない。魔族を逃がした原因が自分であるということから目を逸らしているようだしな。とりあえず俺達は今から帝国へ向かう。婆さんの容体は診れないが、勘弁してくれ」

「それは……ごほっ……問題ない。ただ、お主達に申し訳ない気持ちばかりじゃ……。あの子の気持ちを考えると無下《むげ》にもできず候補にしたが、こんなことになるとは……勇者召喚が上手くいって倒せていれば……」

「できなかったことを悔やんでも仕方ないわ。あの子の両親は……可哀想だけど、あたし達になんとかしてほしい態度じゃなかった。邪魔ばかりするし」

婆さんの背中をさすりながら、厳しいことを言う夏那。

しかしフェリスに関してはその通りなので、俺も風太も水樹ちゃんも口を挟まなかった。

「甘やかしたわしのせいじゃ、すまん……」

「メイディ様……」

「行くぞ。準備をしないと」

「はい……」

ケガもあるだろうが意気消沈《いきしょうちん》した婆さんは謝るばかりで、楽しかった町の散策の記憶も、陰鬱《いんうつ》な空気に塗りつぶされてしまい、重かった。

そんな沈黙を破ったのは風太だった。

「……困りましたね」

「半々だな。レムニティという興味深い存在に出会ったのはよかったが、そのまま拘束できなかったのはミスだ」

俺の言葉に夏那が元気よく反応する。

「あんな逃げ方は反則だと思うけど！　それにメイディお婆ちゃんがケガをしなかったらリクはあいつをなんとかできたでしょ？」

「フェリスが割って入らなければ確実に仕留められていたな」

「フェリスさん、大丈夫でしょうか？　町の外に出てしまったみたいですけど」

「魔法は使えるし、よほど強力な魔物か盗賊団にでも出くわさなければ、生き延びることはできるはずだ」

水樹ちゃんの心配に対し、俺は淡々と答える。

もうあいつには関わることはないだろうし興味もない。どちらかといえばレムニティを早く捕らえる方が重要だ。

「そういえばあの魔族はリクさんの知り合い、ですか？」

「ああ、あいつは覚えていないみたいだが、前の世界で戦った幹部の一人に間違いない。魔族のくせに馬鹿正直で、タイマンで倒したぞ」

『あいつなら魔王に告げ口はしないでしょうね』

前の世界の記憶を持つリーチェがそう言うと、夏那が呆れたように呟く。

「変な奴ね……」

「幹部の中でも騎士っぽい奴だったからなあ。ただ、実力は間違いなくある」

「でも忘れているのはなんででしょうね」

水樹ちゃんがそう言って首を傾げる。

『ホントよねー。あいつって結構リクを認めていた節があるからちょっと驚いたわ』

そこも気になるところだ。

真相を確かめるには、あいつを捕まえて魔王のところへ案内してもらうのが一番手っ取り早いだろう。

ここで問答しても仕方がないので、準備を先に済ませるよう三人を急がせる。

とは言っても荷物は先日、町で買ったものくらいしかない。ベッドを整えて、俺達の所有物を収納魔法へ放り込み、神殿の外へ向かう。

ハリソンとソアラを引いて神殿の入り口へ来たところで、婆さんが聖女候補の肩を借りて外に出てきていた。

その痛々しい様子に、俺は思わず声を出してしまう。

「おいおい、無理しないでくれよ」

「見送りじゃ。あの子を見つけたら……いや、お主らには関係ないか。気を付けてな、ヴァッフェ帝国は魔族との小競り合いが続いているようじゃし。それと、帝国での用事が終わったら一度ここへ戻ってきてくれ、話したいことがある」

「今ではダメなんですか？」

風太が婆さんに尋ねる。

「……少し考える時間が欲しいからのう。それにあの魔族についても聞きたい」

前の世界で知っている奴だというのは聞こえていたか。

ま、状況によっては俺が魔王を倒すことに前向きになるだろうから、婆さんとしては嬉しいだろう。

「あの幹部次第だけど、戻れたらこっちへ顔を出すことにするよ」

俺がそう言うと、夏那が婆さんを心配するように声をかけた。

「メイディさん、大人しく寝ててね？」

「ふっふ、戻ってくるまで死ねんわい」

「それじゃ、行きます！」

風太が手綱を鳴らして馬車が進み出す。

ドンパチやっているところには行きたくなかったが、もう少し情報が欲しいし、仕方ない。

俺達は急いで東に進路を取り、ヴァッフェ帝国へと向かう――

The Record by an Old Guy in the world of Virtual Reality Massively Multiplayer Online

とあるおっさんのVRMMO活動記 1~27

椎名ほわほわ
Shiina Howahowa

アルファポリス第6回ファンタジー小説大賞読者賞受賞作!!

累計150万部突破の大人気作（電子含む）

TVアニメ 2023年10月放送開始！

CV
アース：石川界人
田中大地：浪川大輔
フェアリークィーン：上田麗奈
ツヴァイ：畠中祐 ／ ミリー：岡咲美保

監督:中澤勇一 アニメーション制作:MAHO FILM

超自由度を誇る新型VRMMO「ワンモア・フリーライフ・オンライン」の世界にログインした、フツーのゲーム好き会社員・田中大地。モンスター退治に全力で挑むもよし、気ままに冒険するもよしのその世界で彼が選んだのは、使えないと評判のスキルを究める地味プレイだった！——冴えないおっさん、VRMMOファンタジーで今日も我が道を行く！

●各定価：1320円（10%税込）
●illustration：ヤマーダ

1~27巻好評発売中!!

漫画：六堂秀哉
●各定価：748円（10%税込） ●B6判

コミックス1~10巻好評発売中!!

◎定価:1320円(10%税込)　◎ISBN 978-4-434-32187-0　◎illustration:福きつね

工芸職人《クラフトマン》はセカンドライフを謳歌する

鈴木竜一
Ryuuichi Suzuki

天才工芸職人の
のんびり
プチ隠居ライフ、
開幕！

ブラック商会を
クビになったので

DIYに 旅行に 畑いじり!?

好きなことだけで生きていく

前世の日本でも、現世の異世界でも、超ブラックな環境で働かされていた転生者ウィルム。ある日、理不尽に仕事をクビにされた彼は、好きなことだけしかしないセカンドライフを送ろうと決めた。簡素な山小屋に住み、好きなモノ作りをし、気分次第で好きなところへ赴いて、畑いじりをする。そんな最高の暮らしをするはずだったが……大貴族、Sランク冒険者、伝説的な鍛冶師といったウィルムを慕う顧客たちが彼のもとに押し寄せ、やがて国さえ巻き込む大騒動に拡大してしまう……!?

●定価：1320円（10%税込）●ISBN978-4-434-32186-3

●Illustration：ゆーにっと

異世界爆速成長系ファンタジー、待望の書籍化！

トラックに轢かれ、気づくと異世界の自然豊かな場所に一人いた少年、カズマ・ナカミチ。彼は事情がわからないまま、仕方なくそこでサバイバル生活を開始する。だが、未経験だった釣りや狩りは妙に上手くいった。その秘密は、レベル上げに必要な経験値にあった。実はカズマは、あらゆるスキルが経験値1でレベルアップするのだ。おかげで、何をやっても簡単にこなせて——

●定価：1320円（10%税込）●ISBN：978-4-434-32039-2 ●Illustration：藍飴

追放された神官、【神力】で虐げられた人々を救います！
女神いわく、祈る人が増えた分だけ万能になるそうです
著 Saida《サイダ》
万能な【神力】で、捨てられた街を理想郷に!?
俺だけに見える女神と\マイペース/救済生活はじめます！
教会都市パルムの神学校を卒業した後、貴族の嫉妬で、街はずれの教会に追いやられてしまったアルフ。途方に暮れる彼の前に現れたのは、赴任先の教会にいたリアヌンという女神だった。アルフは神の声が聞こえるスキル「預言者」を使って、リアヌンと仲良くなると、祈りや善行の数だけ貯まる「神力」で様々なスキルを使えるようにしてもらい――お人好しな神官アルフと街外れの愉快な仲間との温かな教会ぐらしが始まる！
◎定価:1320円（10%税込）　◎ISBN 978-4-434-31920-4　◎illustration:かわすみ
「癒し系ほっこりファンタジー賞」受賞作！
アルファポリス

嫌われ者の悪役令息に転生したのに、
なぜか周りが放っておいてくれない
著 AteRa
ill. 華山ゆかり
処刑ルートを避けるために好感度を上げてたら…
構われまくり!?
でも本当は静かに暮らしたいので
放っといてくれ!

嫌われ者の悪役令息に転生したのに、
なぜか周りが放っておいてくれない
©AteRa
構われまくり!?
でも本当は静かに暮らしたいので
放っといてくれ!

ネットで話題沸騰！
アルファポリスWeb漫画
面白い漫画が毎日読める!!
ALPHAPOLIS
アルファポリスCOMICS
原作 柳内たくみ 漫画 竿尾悟
ゲート GATE 自衛隊 彼の地にて、斯く戦えり
原作 あずみ圭 漫画 木野コトラ
月が導く異世界道中
原作：秋川滝美
漫画：しわすだ
居酒屋ぼったくり
BOTTAKURI
原作 猫月晴 漫画 torimo
転生したら、なんか頼られるんですが
原作 柊彼方 漫画 貝原黎音
追放された【助言士】のギルド経営
原作 アノマロカリス 漫画 吉祥寺笑
魔境育ちの全能冒険者は異世界で好き勝手生きる!!
～追い出したクセに戻ってこいだと？そんなの知るか!!～
新連載開始予定！
人気連載陣
● THE NEW GATE
● 素材採取家の異世界旅行記
● 異世界ゆるり紀行 ～子育てしながら冒険者します～
● いずれ最強の錬金術師？
● 追い出された万能職に新しい人生が始まりました
● 勘違いの工房主
● 装備製作系チートで異世界を自由に生きていきます
and more...
原作 椎名ほわほわ
漫画 六堂秀哉
とあるおっさんのVRMMO活動記
原作：金斬児狐
漫画：小早川ハルヨシ
Re:MONSTER リ・モンスター
選りすぐりのWeb漫画が無料で読み放題！
今すぐアクセス！
アルファポリス 漫画
検索
アルファポリスアプリ
スマホでも漫画が読める！
App Store/Google play でダウンロード！

この作品に対する皆様のご意見・ご感想をお待ちしております。

おハガキ・お手紙は以下の宛先にお送りください。

【宛先】

〒150-6008 東京都渋谷区恵比寿4-20-3 恵比寿ｶﾞｰﾃﾞﾝﾌﾟﾚｲｽﾀﾜｰ 8F
（株）アルファポリス　書籍感想係

メールフォームでのご意見・ご感想は右のＱＲコードから、
あるいは以下のワードで検索をかけてください。

アルファポリス　書籍の感想　検索

ご感想はこちらから

本書はWebサイト「アルファポリス」(https://www.alphapolis.co.jp/)に投稿されたものを、改題、改稿、加筆のうえ、書籍化したものです。

異《い》世《せ》界《かい》二《に》度《ど》目《め》のおっさん、どう考《かんが》えても高校生勇者《こうこうせいゆうしゃ》より強《つよ》い２

八神 凪（やがみ なぎ）

2023年　6月　30日初版発行

編集－高橋涼・村上達哉・芦田尚
編集長－太田鉄平
発行者－梶本雄介
発行所－株式会社アルファポリス
〒150-6008 東京都渋谷区恵比寿4-20-3 恵比寿ｶﾞｰﾃﾞﾝﾌﾟﾚｲｽﾀﾜｰ8F
TEL 03-6277-1601（営業）　03-6277-1602（編集）
URL https://www.alphapolis.co.jp/
発売元－株式会社星雲社（共同出版社・流通責任出版社）
〒112-0005 東京都文京区水道1-3-30
TEL 03-3868-3275
装丁・本文イラスト－岡谷
装丁デザイン－AFTERGLOW
印刷－図書印刷株式会社

価格はカバーに表示されてあります。

落丁乱丁の場合はアルファポリスまでご連絡ください。

送料は小社負担でお取り替えします。


ISBN978-4-434-32190-0 C0093